站立阳光下

刘福明 著

陕西新华出版传媒集团
太白文艺出版社·西安

图书在版编目（CIP）数据

站在阳光下 / 刘福明著. -- 西安：太白文艺出版社，2021.6
ISBN 978-7-5513-1951-5

Ⅰ.①站… Ⅱ.①刘… Ⅲ.①散文集—中国—当代 Ⅳ.①I267

中国版本图书馆CIP数据核字(2021)第050584号

站在阳光下
ZHAN ZAI YANGGUANG XIA

作　　者	刘福明
责任编辑	薛　伟　何音旋
封面设计	郑江迪
版式设计	建明文化
出版发行	陕西新华出版传媒集团 太白文艺出版社·西安
经　　销	新华书店
印　　刷	西安市建明工贸有限责任公司
开　　本	710mm×1000mm　1/16
字　　数	150千字
印　　张	16
版　　次	2021年6月第1版
印　　次	2021年6月第1次印刷
书　　号	ISBN 978-7-5513-1951-5
定　　价	68.00元

版权所有　翻印必究
如有印装质量问题，可寄出版社印制部调换
联系电话：029-81206800
出版社地址：西安市曲江新区登高路1388号（邮编：710061）
营销中心电话：029-87277748　029-87217872

序一

写不尽的乡愁

李星

"春雨惊春清谷天，夏满芒夏暑相连，秋处露秋寒霜降，冬雪雪冬小大寒。"

早在初中时，我就熟背二十四节气口诀，北方农村年复一年据此安排农时，体现了我们悠久灿烂的农耕文明。

一方水土养一方人，一方人形成一处独特的风土人情，风土人情蕴含着独特的文化记忆。童年有关乡土的心灵记忆或有酸涩和苦难，但在心机重重的成年人生和复杂的社会生活中，却更多地升华出甘甜和美好。每个作家最初急于告诉世界的，往往都是自己曾经的美好回忆，尤其是童年和青少年时的生活。即使是如贾平凹这样的文学大家，最初的一批散文和小说也是从早年记忆开始的。

刘福明先生的《站在阳光下》的主体部分"故土情深"正可以从此角度阅读。

他记忆中的人和事，家乡、物产和吃食，四时八节的民俗和风情，父亲的锄头、母亲的织布机，碾子、石磨和捶布石，原野秋景中鲜红的柿子，崖畔酸溜溜的野枣，上山挖药材攒学费，过年、拜年，夏收、秋种，都在生动的笔触下得到还原。这些文字让人或如临其境，或如闻其声，或如见其人。人们常说，爱祖国爱人民是从爱家乡和爱家乡父老开始的。从《站在阳光下》

一书中，我所感受到的正是这种情真意切的乡土之爱。

（《中国新文学大系·小说二集》序言中，针对裴文中等"侨官"写华人知识分子的思乡之作，鲁迅先生创造了"乡愁"这个前无古人的文学概念。）到了20世纪80年代，"寻根文学"大兴，"乡愁"这个社会心理状态被写进中国现当代文学领域，才被批评界所瞩目。不同的是，鲁迅时代，"乡愁"着重空间距离给游子带来的心理状态，而在"现代性"的今天，它却普遍化了，适用于今与昔、城与乡、长与少之差所带来的身份和心理上的变化，成为人人都多少体验过的生存状态及心理状态。

《站在阳光下》是一部饱含深情的乡愁之书。汪曾祺先生曾经说过：写文章就是写回忆。他的全部创作都有回忆的质，也是回忆本身。文字化的回忆魅力不只在于距离，更在于它有化苦难为醇香、化丑陋为美好的卓越之功。人们从中获得的不仅是家乡故土之爱，更是人性之美。

2020年6月7日

序二

用心守望那一片蓝天白云

鱼在洋

春天的一个美好夜晚,几个文友在新冠肺炎疫情之后第一次小坐,有写诗的南书堂与写散文的李育善、刘福明。他们三个说话放得很开,像多年兄弟一样地亲热。没等我好奇地发问,老刘先说,他们仨都是原来的行署办的老同事了,没想到因文学又走到一起。老刘开玩笑说,大家共同出身自"红薯办",人家俩弄出了名堂,成了"大红薯",他还是个新兵呢,只是个"小红薯"。众人一起大笑,笑声震得屋顶的灯都晃了晃。

贾平凹先生多次说,他是商洛品种,是"山地里的红薯"。文学是商洛的特产,在商洛,文学就像红薯一样稀松平常,作家像红薯一样多。个子不高却目光有神的刘福明出生在仓颉造字的洛水之畔,血管里流淌着对文字的敬畏与热爱。尽管他近几年才开始写作,却能在较高的起点上写出一篇篇从心中流出的有温度的文章。

他的散文,第一类是写亲情的,如《我想回家看娘》《父亲的锄头》等作品,充满着对亲人那种血浓于水的深情。第二类是写故乡的,如《家乡的河》和《槐香十里》,文字间流动着对故乡难以割舍的游子真情。我常说,只有离开故乡,才能发现自己是多么地热爱那个地方。第三类是对人生、对外面世界的发现,从商洛到外地,从人到自然,从小我到大我。他的眼界在开阔，文字也在变化，他在不断的思考和写作中完成着"小红薯向大红薯"的蜕变。

贾平凹先生还说过，商洛的空气好得能卖钱。好多人不知道能卖钱的好空气与刘福明有关。他是商洛市生态环境局局长，一干就是七年。在蓝天保卫战中，商洛市连续七年位列全省第一，成为全省唯一连续三年在全国空气质量检测中达标的城市。在这本书中，作者没写他们的努力和汗水，但其中许多文字都饱含对阳光、蓝天和白云的关注与深情。

刘福明的笔名叫"商洛蓝"。他有两套笔墨，一支笔在大地上书写，另一支笔在纸上书写。他带领同志们守护蓝天白云和绿水青山，让商洛成为国家康养之都。同时，20世纪80年代在洛南古城林场种下的那颗文学种子，从林场到县政府，再到行署办到发改委到环保局，终于在2018年长成小树，让文学圈看到了纸上的蓝天白云，认识了文学的刘福明。

巴金老人当年说过：把心交给读者。我的体会就是要说真话，写有温度的文章。刘福明的散文尽管还有很多值得提高的地方，比如说放不开，比如说闲笔太少，比如说有趣性不足，但的确如他的工作一样付出的是真情，写出了对亲人、对故乡、对世界的看法，这就够了。散文没有规则，感动自己又感动读者的一定是好作品，相信看了本书的朋友不会失望。

商洛文学的"红薯地"一天比一天大，就是因为在商洛人眼里文学是正事，不管农民还是官员，都有当作家的梦想。刘福明在守望大地上的蓝天白云之外，也用心守望着纸上的蓝天白云，还都守出了好收成。向他祝贺，也祝愿商洛文学界的大小"红薯"们在蓝天白云下快快成长。

2020年6月9日

目录

第一辑　故土情深　001

苍鹭飞上天　003
夏日走洛河　012
酸枣　016
家乡的河　022
石嘴岩　027
张碾子　031
怀念柳　036
顽石　041
柿子红了　046
怀念父亲　049
家乡的端午节　054
怀念岳母　059
难忘母亲的砂锅豆腐　063
拜年　067
童年记忆中的过年　072
家乡的大柏树　075
山桃花　078
三粒蓖麻　083
烧肉　087

父亲的锄头　　　　　　　091
母亲的织布机　　　　　　096
我想回家看娘　　　　　　100
麦忙　　　　　　　　　　105
又是中秋月儿圆　　　　　111
情牵石磨　　　　　　　　116

第二辑　人在旅途　　　121
如诗如画朱家湾　　　　　123
法官村里有高兴　　　　　128
春醉鹤城　　　　　　　　133
三月桃花红　　　　　　　136
槐香十里　　　　　　　　140
恩师李书成　　　　　　　144
海南之旅与我的沙子情缘　150
半旧·阿布　　　　　　　154
采风之旅　　　　　　　　158
相聚仙娥湖　　　　　　　163
我的树·我的城　　　　　167

第三辑　灯下漫笔　　　171
站在阳光下　　　　　　　173
雨欣　　　　　　　　　　175
美丽邂逅　　　　　　　　179

玉兰花开	185
盼雪	189
三月的风	191
我的兰	193
观雨	197
七夕	200
一堆垃圾	205
局长老牛的一天	209
老李的烦恼	213
闲说鱼事	218
老桂树	221
金色蝴蝶	224
青山碧水靓山寨	227
小蜜蜂	232
春天真好	236
梅花开了	239
后记	243

第一辑

故土情深

苍鹭飞上天

一

苍鹭，在洛南周湾，家喻户晓，妇孺皆知，被人们称为"吉祥鸟"，更是商洛摄影爱好者的最爱。

我的家乡是洛南一个偏远的小山村，在周湾的另一个方向，相距百里。在我的记忆中，小时候家乡也有苍鹭栖息，只是那时人们并不知道苍鹭是国家二级保护动物，还被列入了世界保护动物名录。

邻村老张家的祖坟上有三棵白松树，树前就是张家祠堂。三棵白松树合成一体，后来才知道，农村坟上的树栽单不栽双，原来是把三个小树苗栽在一起形成的。不知是张家哪代先人栽植了那三棵白松树，村上的人谁也说不清树龄到底有多大，我也问过父亲，说反正有几百年了。张家的祖坟算是块风水宝地，背靠山，前临河，坡面向阳，土壤肥沃。所以松树一直长得特别茂盛，每棵树需两个人才能合抱。

不知从何时起，两只苍鹭来白松树上安了家，像是一对私奔的恋人在这里过起了平静安逸的生活。那时候我和小伙伴们在沙河中嬉水，或者在河岸上给猪割草，常常碰到苍鹭。它们自由自在地在水中捕鱼，根本不在乎我们那群傻小子的存在。

苍鹭是候鸟，春天在树上筑巢、产卵、孵化，扩大家族；秋天，又像大雁一样飞到南方去过冬。

村上的人不知其学名，看它身材高大，腿长，嘴红红长长的，脖颈又弯又长，常常在沙河里捕食小鱼，就起了个名字叫"老鹳"。

我长大后到外地上学、工作，回家乡的次数就少了。有一年初夏回去，正是禽鸟繁殖的时候，白松树上的苍鹭却不见了。我问父亲，父亲叹息一声，说："白松树都死了，苍鹭还能不走？"

"那树都几百年了，活得好好的，咋就死了呢？"

父亲又叹了口气，说："都怪张家那个不争气的小儿子！他们兄弟三个，老三为了用钱，把属于自己的那棵树砍了。"

自从张老三砍了那棵白松树后，苍鹭就飞走了，再也没有回来，我的家乡从此也就没有了苍鹭。

二

20世纪80年代初,我大学毕业分配到基层林场工作,天天上东岭下西岭,出东沟进西沟,和树木鸟儿为伴,享受着山水美景和林中鸟儿甜美的歌唱。因为职业的缘故,从那时起我心中就埋下了保护生态、敬畏自然的种子。

到了90年代初,由于改革开放,社会经济大发展,人民群众生活品质得到极大的改善,但同时也产生了一些环境问题。

有一年清明刚过,我在去乡下的途中,看见几个小孩子围着地上的一只鸟,我一眼便认出那是只苍鹭。我问他们从哪儿弄来的,有个看起来十多岁的男孩指着另一个男孩说:"刚才我俩去割草,在河畔的地里见到的,就抱回来了。"

我想,眼下正值种苞谷的季节,好多刚种上苞谷的地里撒了毒饵,这只鸟八成是吃了毒饵了——那几年,大剂量地普遍地使用农药,把好多无辜的动物都毒死了,甚至造成了生物链的断裂。

我蹲下身子,看那可怜的苍鹭已不能动弹,两眼微闭,奄奄一息。虽然推断它是吃了毒饵,但心里依然默默祈祷,希望它能挺过难关。我从身后的核桃树下捡到个破碗,又从树下的小渠中舀了些水来,试着给苍鹭喂点水。可此时的苍鹭已滴水难进,我眼睁睁地看着它的头微微动了一下,然后死在了我的面前。

我和几个小孩子把那只苍鹭埋在了核桃树下，就让它与核桃树为伴，把它的歌声化为这个村庄的快乐和生机吧。

后来，我时常想起这个情景。不知道这只苍鹭从哪里来，又是要到哪里去。是不是我家乡的苍鹭来这里安了家，又遭了不测？

这都是我们人类忽视生态环境保护的结果。化肥农药的无节制使用，污染了大自然，破坏了生物链，受危害最明显的是鸟类。一时间，连最常见的喜鹊、麻雀也不见了，真让人遗憾啊！

三

有一次，我作为环境部门的代表，受邀参观市野生动物摄影展。其中一组苍鹭的照片吸引了我。照片中的苍鹭有的正在筑巢，有的静静地在巢中孵卵，有的在晨曦中翱翔蓝天，有的在晚霞中归巢。这组照片一下子勾起我对家乡曾经有的苍鹭的记忆，也又想起下乡途中遇到苍鹭死去的悲凄场面。

二十多年了，儿时苍鹭在天上飞、在河中觅食、在树上筑巢的画面，又浮现在我的眼前。

照片的拍摄者是我的老领导，照片在那次的摄影大赛中获得了一等奖。老领导退休后不忘发挥余热，专门从事保护野生动物的公益活动，组织创办了市里的老年保护野生动物志愿者协会，仍以饱满的工作热情，为生态环境事业鼓与呼。老领导退休后也爱上了摄影，组织创办了市里的老年摄影协会。看到老领导的摄影成果，我对他的精神更加敬佩。

在影展的人群中遇到了老领导，他面带微笑，步履轻盈地朝我走来，我也三步并作两步地走到他身边，向他问好。老领导说："这些年，国家重视生态环境保护，出台了不少保护野生动物的政策，严禁生产使用剧毒农药，严厉打击捕杀倒卖野生动物的违法犯罪活动。生态环境越来越好，天更蓝了，水更清了。丹江、洛河湿地公园水草丰茂，成了鸟儿的乐园，过去濒临灭绝的白鹤、黑鹳、红嘴鸭、大雁等又多了。"

老领导接着向我介绍说："这组照片是在洛南周湾拍摄的，那里有一棵千年白松树，是苍鹭的好家园。摄影爱好者拍鸟必拍苍鹭，拍苍鹭必到周湾。"他指着那张苍鹭在晨曦中翱翔的照片说："这张照片可是我用了一个多月时间，先后多次到周湾才捕捉到的。有时候为拍摄一张满意的照片，需要起早贪黑，甚至是忍饥挨冻日夜蹲守才行。"

我问老领导："听说你们有次蹲守时帮助破了一个偷捕苍鹭的大案？"

"那倒不算什么，都是我们志愿者应该做的事情。"老领导说。

那天晚上他们住在附近的镇子上，准备第二天凌晨去周湾拍摄晨曦中的苍鹭。心中有思夜难眠，他们激动得睡不着，就比原定时间早到了。村民们还在梦乡，两个窃贼趁着夜黑摸到周湾，上树偷抓正在栖息的苍鹭，被老领导他们恰巧遇到。窃贼听到了动静，带上抓到的苍鹭落荒而逃。老领导他们立即报了警，县林业派出所根据他们提供的线索，很快抓到了犯罪嫌疑人。

那次参观摄影展，让我有了意外的收获，不仅欣赏了老领导专业水准的摄影作品，而且知道了洛南的周湾还有我记忆中的苍鹭。去周湾，也就成了我的心念。

四

受老领导的影响，我也加入了摄影爱好者的行列，决定去周湾拍摄苍鹭。

朋友和我一起从州城出发，经245省道绕洛南北环线，翻过安沟岭，下坡就到了商树村，大约一个多小时的路程。

商树村是农村环境综合整治示范村，干净整洁的乡村旅游自驾营地格外引人注目，紫薇、月季、万寿菊和格桑花把小山村装扮得分外美丽。我建议朋友在这里歇歇再走。朋友也被这里的优美环境所吸引，立刻下车，伸伸腰，踢踢腿，观景，赏花，放松心情。

突然，朋友激动地喊我："快看，快看，河里有一对苍鹭！"

我顺着朋友手指的方向看去，清澈的河水在青青的水草间流淌着，两只苍鹭头朝着我们的方向，静静地站在河中央，像一对情侣牵着手并着肩，享受着大自然的静谧时光，又像是专门等候在那里迎接我们。

我取出相机，调准镜头，正要按快门时，一辆十轮大卡载重汽车迎面而来。苍鹭受惊，立刻飞上蓝天，转眼消失在西边那一朵朵白云里。

大卡车冲破了如此美丽的风景朋友和我都感到很遗憾。我安慰朋友，走吧，翻过西边那座山再转个弯就到周湾了。

周湾周边的地形呈葫芦状。入口一条山沟，沟口非常狭窄。进沟顺河而上，七转八拐，来到一处开阔地，开阔地上集中居住了四五十户人家。这个小村庄，便是周湾了。

近几年才修建的一排排小洋楼坐落在山坡根，哗啦啦的河水欢快地歌唱着，两岸挺拔的白杨树如威武的士兵保护着村民，地里的庄稼、蔬菜瓜果好像给太阳表功似的疯长着。

通往村庄的路口有块牌子："欢迎您来到周湾苍鹭园！"朋友和我几乎异口同声地说："到了，我们终于到了。"

远望，村后半山坡上有棵大白松树，一群苍鹭在树枝上或静息或展翅，也有的在空中盘旋。

我俩迫不及待地想去跟前细看。刚走到山脚下，一个小伙子挡住了去路："这里是苍鹭园检查站，观看苍鹭请到观测台去。"

我问:"这是林业部门设的检查站吗?"

他说:"这是我们村上苍鹭保护志愿者自发设立的。自从那次偷捕事件之后,县林业部门加强了保护,把这里划成了苍鹭保护区。保护区设置了防护栏,不准游人近距离接触苍鹭,为苍鹭创造一个安静的栖息环境。区内不准开矿办厂,不准旅游开发,更不准猎捕破坏。"

小伙子继续介绍说,他们为了响应县上的号召,自发设立了检查站,劝阻游人到树下近距离拍摄。为了方便游人观看,在合适的地方设立了观景台。

听了小伙子的话,我们虽然不太如意,但也不好争执什么。

走上观景台,那里竖着两架望远镜,朋友和我正好一人一个。

"哟,真清晰,快看!"朋友催我。我急忙调准焦距,大松树,苍鹭,一下都来到了我眼前。

一只苍鹭静静地卧在巢中,或许就是刚才翻山越岭迎接我们的情侣之一,回来后正在休息;另一只站在树枝上抖抖翅膀,然后向天空飞去;还有一只突然从天边飞来,嘴里叼着虫子,落到巢上,三四只小苍鹭争相上前,迎接"母亲"衔来的美食。这个观景台很好,拍摄角度和距离都没问题。朋友急忙架上广角相机,咔嚓咔嚓地拍了起来。

临走时,我向检查站的小伙子竖拇指点赞,也表示了感谢,感谢他们为保护苍鹭所做的工作!

小伙子说:"该感谢现在的政策好,农民不愁吃不愁穿,才有了时间弄这些事。再说，苍鹭早已成为了我们的朋友，我们村上的'吉祥鸟'，就像是我们的村民。"

那天晚上，我做了个梦，梦见我家乡的白松树复活了，梦见白松树上又来了两只苍鹭，清晨在第一缕晨曦中飞上蓝天，白天在清清的河水中觅食，傍晚在太阳的余晖中归巢。

夏日走洛河

我的老家离洛河不远。自从洛灵公路修通之后，回家就多了一条路。

一个小暑刚过的夏日，我清晨回家看娘，下午正要离家返回单位时，听人说南边的公路封了。封路是为了改造那条路，路上那些像疮疤一样的"卧牛坑"填平了，人们出行也就方便了。南边的路不通了，于是就走北边的。

北边的路就是沿洛河而建的洛灵公路。前些年，县上加大交通基础设施建设力度，把洛灵公路从坑坑洼洼的砂石路改造成了平展的柏油路；又对沿河的生态环境进行了治理，建成了美丽的洛河国家湿地公园。

我从老家出发，顺沙河而下，十多分钟就驶上了洛灵公路。好长时间没走这条路，一下就被沿河的美景吸引了，不由时而下车，欣赏夏日洛河的美景。

洛河,由秦岭南坡的溪流汇集而成,从秦岭脚下的洛源镇,一路向东,至灵口镇、代川村出境,再到河南卢氏县,延绵数百公里。夏日的洛河,水量充沛,碧波荡漾,好像横缠在洛南版图上的一条美丽的飘带,在阳光的照耀下,美极了。

车到槐花岛码头,我也随着嬉水纳凉的人们,下到河里。一河两岸,男男女女,人头攒动。青春靓丽的女子,穿着五彩缤纷的泳衣,像舞动的蝴蝶;天真活泼的小孩子,在河边的浅水处打水仗,喊着,笑着,开心极了;英俊潇洒的小伙子在深水处比赛潜水,惹得岸上的旱鸭子羡慕又佩服,不停地尖叫。

忽然,听有人喊:"快救人啊!快看,有个人在深水中上不来了。"

我随声而望,的确有个人在水中挣扎着。这可不得了,要出人命了。我出于本能,也跟着一块儿大声喊起来。幸好,在深水区有个小伙子不知是听到了还是看到了,急忙游到那个人跟前,用力把那人托起来救上岸。

我是个旱鸭子,不能下水救人,但在人命关天的紧要关头,我也想要帮忙,于是三步并作两步,急忙上前。看热闹的人已围了一大圈。我不知哪里来的勇气,忙说:"赶快让他把喝的水吐出来。"

这时,身边有个三十出头的年轻女子,用手豁开人群,说:"我是护士,听我的。快,谁搭把手。"

只见她双膝跪在地上,把落水的小伙子翻过身,肚子顶在自己双膝上,面朝地,啪啪啪使劲地拍打他的背部……还真管用,小伙子的口中不断有水往出吐。几分钟后,年轻女子把小伙子翻过身平放在地上,使劲地压胸,对着口做人工呼吸。又过了会儿,小伙子终于醒了,眼睛也慢慢地睁开了。

围观的人七嘴八舌,说这娃真把人吓死了。

年轻女子给小伙子说:"没事了,快点回家,以后再不要到水深处游泳了。"我这时才正视了年轻女子一眼,伸手给她点了个赞。她微微一笑,眨眼间消失在人群中,也没有接受落水小伙子的一句谢谢。

离开槐花岛,很长时间还想着那个年轻女子和从水中救起小伙子的人——他们做好事不留名。我想他们的事迹不只感动了我,一定也感动了在场那么多的见证人。

夏日的洛河,是鸟儿们的天堂。在洛河国家湿地公园,随处可见苍鹭、黑鹳、白鹤、野鸭等各种鸟类栖息在碧水绿草间。

驾车继续西行。过了燕子岩,路边停了几辆车,车窗上架着照相机,正在拍摄洛河湿地中的鸟儿和牛羊。此处是洛河较宽阔的河段,河水形成一个S形的弯。河滩上的蒿草翠绿翠绿的,牛羊或低头吃草,或懒洋洋地站在那里享受夏日的清风。河水中一堆一堆的芦苇在风中摇曳,野鸭在水中自在地游动,几只苍鹭在嬉水。忽然,有只苍鹭俯冲至水中叼起一条小鱼,溅起白色的水花;还有只苍鹭静静地站在河中一块石头上,沐浴着阳光,似乎在思考什么。我想,它一定是在感动于这里生态环境越来越好，成了鸟儿们的乐园。

太阳刚刚偏西，天上突然起了黑云，一团一团的，越来越浓，越来越黑。黑云中分明带着雨，但并没铺开，西边的山坡上还有太阳照射着，也就是人常说的"过云"。我想可能要下"太阳雨"了，不到一袋烟的工夫，真的下起了大暴雨，雨点子打在车顶上"砰砰"直响，雨刮器快速地左右动起来。雨中，路、树、庄稼、房子都模糊了，我只有赶快停下来，等待雨停了再走。

过了十几分钟，雨终于停了，太阳又从云缝中钻出来，给西边的天空涂上金粉，黄灿灿、红彤彤的。雨后的空气格外清新，也少了些闷热，我打开车窗大口地吸着新鲜的空气，知了也舒服得叫起来。路边的树上，不停地有水滴滴答答地落下来，打在我的脸上，湿湿的，凉凉的。田地里的庄稼似乎在张着大口吮吸着雨水，雨水在绿油油的叶片上滚成水珠，在太阳的照射下闪着银光。山坡根一排排新民居罩在氤氲的水雾中，似海市蜃楼。我的眼前，山川，河流，庄稼，绿树，青草，鲜花，共同凝聚成一幅美丽的画卷。

回到城中，夜幕慢慢降下来，山城灯火阑珊。一整天的见闻和美景，像电影一样，一幕一幕，闪现在我的心里。

酸 枣

商州要修高铁了。最近,商州高铁站的最后踏勘定点工作正在进行,我作为环境部门的一个小负责人有幸参与其中。

现场调研时,偶然看到山涧上枝繁叶茂、花儿清香的酸枣树,一下把我带回了小时候的家乡,勾起了我对酸枣的记忆。

我的家乡依山傍水,门前是碧水长流、清澈见底的沙河,房后是巍然屹立的大山,似雄狮,似神鹰。这里的山水千百年来滋养着本地的乡民。小时候我常常和小伙伴在山上放牛、割草、砍柴、挖药、摘酸枣。

酸枣,当地人俗称小红果。深秋时节,酸枣红得像珍珠玛瑙,我和小伙伴便提上篮子到山上去摘。晚上回来,在月色下,一边编着笼子或打着草鞋,一边咀嚼着小红果。

与酸枣的情缘,不止于此。

十六岁那年,我考上中专,到远离家乡的地区农业学校上学。我的专业是林学，所以会正规地学习植物学，在植物学的书本中就遇到了倍感亲切的酸枣。从那时起，我就更加地了解酸枣、关注酸枣。

参加工作以后，每每回到家乡，但凡看到酸枣树，都会静静地多陪她一会儿，与她说说话，看着她开花的样子，嗅酸枣花的芳香。尤其是像珍珠一样的小红果成熟后，每见到她都会垂涎欲滴，不由得去摘一些，尝尝那酸酸甜甜的味道。

从植物学角度来说，酸枣树是鼠李科枣属落叶灌木或乔木，枝上有刺，叶呈椭圆形，拇指大小，花色淡黄，有淡淡的清香，结的果子大小不一，颜色由青转黄，到白，再到红。酸枣果有健脾开胃、生津止渴的作用，果仁有养心安神、益智健脑之功效。经常失眠的人去看中医的话，一定是少不了酸枣仁这味药的。

酸枣树是不争春的。桃花、杏花、梨花竞相开放之后，酸枣树才慢慢地苏醒，睁开眸子，细细地打探春的光景。等到小桃、小杏、小樱桃藏在叶中和风儿说话逗趣时，酸枣树才伸出嫩嫩的小手，伸伸懒腰把春天拥抱。到五六月间，酸枣树会拼命地疯长，会不分白天黑夜加班加点把错失的那段春光夺回来，会长得枝繁叶茂、碧叶接天，会站在峭崖上、站在山涧上、站在坡梁上听从风的指令，相互呼应，或笑或聊天或唱歌。

进入盛夏时节，酸枣树把经过寒冬孕育的梦想，把经过春天打理的华章，统统变成繁如星星、小如米粒、颜色淡雅的小黄花。花儿微微地笑着，甜甜的香味四溢着，随风飘在雾里，飘到云里，弥漫在家乡的上空。

清香过后，一串串小珍珠样的青果挂满枝头。小青果从米粒大小长到豆粒大小再到小樱桃大小，越发好看了，好像婴儿长到了牙牙学语的阶段，更加逗人喜欢。这时的青果会泛着亮光，把酸枣枝压得弯下腰，似一串串风铃摇曳着，孕育丰收的梦想。

深秋时节，尤其是过了霜降，酸枣叶怀着对大地的深情，在风中由绿变黄，慢慢飘落。这时的酸枣树上就只剩下像一串串红灯笼似的酸枣果了。

如果冬天的雪来得早，一场大雪过后，酸枣枝上落下一层白白的雪，雪中露出红果的笑脸，会成为一道美丽的风景，引来游人观赏，也会引来鸟儿嬉戏或觅食。

70年代初，天总是大旱，山上不长草，地上不长粮，村民们总是缺柴烧缺粮吃。那时候的小孩子，放学后的主要任务就是给猪割草，再就是上山砍柴。我那时也就十来岁，自然也和小伙伴们一起上山割草砍柴。割着割着，山上的草就光了，能砍的柴也没了，只剩下涧坡上的酸枣树了。酸枣树身上长刺，要不然也剩不下来。

后来，邻居有个比我大几岁的哥哥，想了个好办法，自制了个木叉子，用木叉子顶住酸枣树再用镰刀去割。但谁知烧的时候也不好烧，我亲眼看见母亲用我割的酸枣枝做饭时，粗糙的手被刺扎得直流血。母亲一声不吭地继续做饭，吃饭的时候母亲没问我什么，倒是说："你们把酸枣树都割了烧柴了，明年可不是连酸枣也吃不上了。这几年缺粮吃，酸枣还真是给咱帮了不少忙。"

那年月，每当酸枣果红了的时候，我就和小伙伴提上篮子去摘，一边摘着一边吃着，酸酸甜甜，一会儿也就吃饱了。有时也会吃到一两个有虫的，小伙伴就笑着说："大虫吃小虫，吃了腰不疼。"

有的酸枣树长在山涧坡上或长在峭崖上，够不着，就用长杆子敲打，树下的地里或坡根就会落下红红的一层酸枣果。我们一把一把地捡，一会儿就捡满一篮子，然后高高兴兴地回家。那个连饭也吃不饱的岁月，摘到的酸枣就是水果，晒干也能当粮食。

酸枣果能卖，也能换粮食。有一次，我提上酸枣果去集镇卖，等到太阳都快落山了，还不见有人买，急得直想哭。天黑了就回不了家了。

正当我着急时，一个穿着灰色中山装、干部模样的中年男人，不知是看出了我的心事，还是对酸枣果感兴趣，蹲到了我的面前，问我多少钱一斤。我本想说一斤一角钱，为了留住这个买主，便改口说："叔叔，一斤五分钱，不贵的。"就这样，这个中年男人买走了全部酸枣果，我收获了一元一角钱。虽然卖得便宜，但我心里还是觉得美滋滋的，急忙把钱装进母亲特意给我在裤子上缝的兜里。回家的路上，还不时地伸手去摸裤兜，生怕钱会长翅膀飞了。

那时候，最难干的一个活就是砸酸枣核了。我会把酸枣核收集起来，也会把烂掉不能吃的酸枣拿到沙河里，放在水中反复搓洗，去掉枣皮，然后拿回来砸枣核。酸枣核小且硬，砸时不小心就会绷出好远，用力过猛还会把枣仁砸烂。后来我就想了个办法，用铁丝挽了个比枣核略大点的圈，把枣核放中间，再用小锤砸就不会绷跑了。

那时枣仁也不过两元钱一斤，但对我们来说已很有吸引力了。我常常会点上油灯或在月光下整夜砸枣核。一季下来会挣十几元钱，够我一个学期的学费和零用钱了。

酸枣树最大的特点是她具有极强的生命力，抗风、耐寒、耐旱、耐碱、耐瘠薄，不论在什么地方都能生长，而且有极强的分蘖能力，当年割掉第二年会从根上长出许多小苗来。在水土条件好的地方，会长得很高很茂盛，在土地贫瘠的地方会长得低些，但丝毫不影响她开花结果，反而结的果会更红更好看。即使在悬崖峭壁上，她也一样会长得很好，展现出顽强的生命力和意志力。

近年来农村富裕了，不缺粮钱了，就少有人去摘酸枣果了，更少有人去费力地砸酸枣核了。酸枣果留在树上，在风里摇曳，自然地掉落，在雪里红白相衬，分外好看，成为一道靓丽的风景，也取悦了冬季的山雀，成了这些鸟儿们过冬的美食。

周围的山上有大量的酸枣树，如果高铁站建在这一带，希望建设中酸枣林能不被破坏，保留下来。保护好这里的生态环境，将来搞一个酸枣公园倒是好事，可以成为映衬高铁站的自然景观。此外酸枣也有十分好的寓意，象征这里的经济和事业红红火火，香飘久远；象征这里的人跟酸枣一样，不怕艰苦，在社会建设中展现顽强的意志和拼搏精神，无往而不胜。

赋小诗一首，也算是给此文结个尾：

丛丛绿山涧，碧叶映蓝天。
黄花米粒大，香飘入云烟。
峭崖傲风骨，寒秋玛瑙颜。
红果最相思，美味是清欢。

家乡的河

家乡有条长长的沙河,曲折回环,绕山而行。我的家临河而居,我的童年就在那河边,沙河是我生命中最深刻的记忆。

沙河,也叫"页山河",是家乡老百姓的母亲河、生命河。"页山河"是沙河唯一的"官号",不知道的人都读成了"页码"的"页",只有家乡的人习惯读作"学",有曲折回环的意思,是因穿过家乡的这条河拐了十多道弯的缘故。可惜的是,字典上的"页"字并没有这个读音。

家乡至今仍流传着"一道弯弯一道河,有女不嫁页山河"的歌谣。在过去交通不便的岁月,这条河成了老百姓又爱又恨的存在。冰冷的冬天,人们要挽起裤腿,光着脚从刺骨的冰水中渡河;到了易发洪水的雨季,动不动阎王爷还要叫走几个人,自然也就"有女不嫁页山河"了。

但也是这条河,养育了家乡的父老乡亲。沙河在家乡延绵十多公里，两岸七沟八岔的水都汇集到河里。全乡有一万多人口，百分之八十都集中住在沿河两岸。春天到了，田间变成花的海洋；秋天到了，到处都是果实累累的丰收景象。这些，都得益于沙河的滋养。

小时候，河堤是原生态的泥土，不像现在多用石头浆砌。河边的柳是宽叶柳，毛细根很发达，把河堤护得很牢固。宽叶柳密密麻麻又红又紫的毛细根，好像给河堤穿上了蓑衣。

那时的水清澈见底，味道也很甜很甜。河里鱼儿很多，有"红翅膀""白半亮""长虫鱼"，还有青蛙、蜻蜓、蝴蝶、水草等很多其他动植物。天气好的日子，女人在河边洗衣、洗菜，小孩在河里捉鱼，赶着蜻蜓跑，口渴了就用手掬起河水喝两口。

冬天到了，河里结了冰，小孩在冰上"溜滑滑"。男人破开冰，用沙子围一个框，在框里沤麻，准备做媳妇纳鞋底要用的麻绳子，好让全家人过年都穿上新布鞋。

夏天的时候，沙河变成了孩子们的游乐场。到了星期天，说是去给猪打草，我便和玉生、羊群、狗娃等发小跑到河里捉鱼，经常到吃饭的时候，才想起把打草的事给忘了，为此挨了母亲不少训。

那时候沙河里的鱼多，鳖也特别多，有时一晌就能捉好多条鱼好几个鳖。

遇到烈日炎炎的日子，便会把小鱼剥开洗净，平摊在石头上晒鱼片。鱼片一会儿就晒熟，有时等不得晒熟，就你一片我一片地生吃了。

有时也会把小铁锅拿到河边支起来，捡点柴生起火，不一会儿工夫，美餐就好了。那时没有油，放点盐，就觉得好香好香，三下五除二，一顿美餐就被狼吞虎咽了。饱餐后还有个小节目：猜宝赢鳖架。鳖架也就是鳖的后背骨，能做笔架，谁没运气还常常抢不到手。

现在想起来，那些事那些人历历在目。真想回到孩童时代，无忧无虑的，就像那沙河里的水，只有一个信念，不受纷扰，一路奔向大江大海。

我的家处于沙河中游，两岸地势开阔。从前这里就有客栈，有市场，有骡马店，也算是当时比较繁华的地方。我所住的村叫安口街，老家至今还保存着爷爷做生意时的柜台子和钱匣子。

听父亲讲，50年代初发过一次百年不遇的大水，把街道冲垮了，从此这里的市场没有了，客栈、骡马店也衰败了。那时候，老天经常大旱，三伏天把苞谷晒得像麻花，蝉也热得不停地大声叫着。年龄大的老人常常到村头的千年老槐树下祈雨。可能是老天被感动，不下则已，下开了往往下成暴雨，引发山洪。有时洪水就像猛兽，横扫一切，淹没庄稼，冲毁房屋。

小孩子喜欢在涨水的时候看热闹，大人们则拿着捞套站在岸边捞柴火，不大一会儿，就捞一大堆，能烧十天半月的。有时运气好，还能捞几条小鱼，改善一顿伙食。

有次下暴雨，父亲外出做活，只有母亲和我在家。外边的雨越下越大，下着下着突然屋里进了水，原来是后墙根有个老鼠洞把水引了进来。母亲冒着大雨出去用泥堵，费好大劲总算堵好洞，但屋里的水已淹过脚面，我吓得站在水中一个劲地哭。母亲顾不上换下淋湿的衣服，用盆子把水往外泼。我也学着母亲，拿个碗急忙往外倒水。这件事一直深深地刻在我心中，只要下大雨，就能想起。

为水改道，为民谋利。家乡的河，做过一次大的外科整形术。

70年代初，我们沿沙河上下三个村，决定实施"移山改河"工程。我们村的改河工程，是把河裁弯取直，挖一条新河道，上下一公里，宽百余米，深五六米。那工程量放到现在应该是花几个亿、修几年的大工程。可在那个年代，真不可小看人民群众的集体精神，硬是动员了全村男女老少，靠手挖肩挑，靠架子车、拖拉机，靠起早贪黑、披星戴月，靠自力更生、艰苦奋斗，用一年多时间就完成了改河工程，重新绘就了一幅美丽画卷，造福了子孙后代。

那个时候，我也是劳动大军中的一员。当时十多岁，被分配在队上的宣传队，上午上学，下午劳动，中午吃饭的时候拿上"传话筒"，站在地势较高的大场边搞宣传。尽管那时年龄小，但也算是为家乡建设出了力，还是感到欣慰。后来考上学，走出农村，当上干部，到镇上、到县上、到州城工作，总是忘不了小时候那些经历，也是那些经历磨砺了我的意志，教会了我许多做人的道理。

家乡的河，还遭受过一次灭顶之灾，从此得上一场慢性病。在80年代中期，某年六月的一天，洛河上游一家企业尾矿库泄漏，大量的有毒泥沙、废水进入洛河。沙河是洛河的一级支流，洛河倒灌使家乡的河也未能幸免。我们村下游的河段和洛河一样，一夜间所有的鱼、虾惨遭横祸。水中白花花的小鱼、小虾死了一层；喝了毒水的鳖跑到岸上，随处可见，有的死了，有的垂死挣扎，真是惨不忍睹。从那以后，洛河、沙河里好长时间看不到妇女们洗衣、洗菜了，看不到捉鱼的孩子的身影了，听不到人们的笑声了，整条河没有了呼吸，一片死寂。

进入新世纪以来，人们的环境保护意识逐渐地树立起来，特别是经过近几年的扶贫开发、环境治理和美丽乡村建设工作，家乡的生态环境发生了天翻地覆的变化。老百姓的生活殷实起来，环境也美起来了。花儿多了，鸟儿回来了，鱼儿回来了，家乡的河又变清了。河边杨柳袅袅，田园瓜果飘香，山清水秀，蓝天白云，老百姓的精神头满满的，显示出一派美丽的新农村景象。

如今的沙河水继续地流啊流。我没去过她的源头，但我知道她的方向与归宿。我铭记她的来龙去脉，她也承载着我永远的记忆。

石嘴岩

村子的背后有座像神鹰一样的山，保佑着我们村百十口人的健康和幸福。这座山被当地的村民称为石嘴岩。也不知道是谁在什么时候起的名字，只知道一辈一辈地流传至今。

石嘴岩，是大秦岭东段南麓的支脉，算辈分应该是大秦岭的第三代子孙，在我们当地真算不上什么大山或名山。从下往上看，山峰的确有点像一只雄鹰，且越看越像。

山的顶部有百十亩长扁形的塬地，外沿则是陡峭的岩壁，高约五十米。向下，山坡不怎么陡峭，长着十分茂密的松栎混交林。石嘴岩的右边是羊凹，左边是东岭，对面是西坡，山脚下是南北方向比较开阔肥沃的耕地。靠坡根坐北向南分散着三十多户人家，便是我祖祖辈辈住在这里的父老乡亲。

石嘴岩，是我们村的风水宝地。我们这个村是沙河上下相对比较宽阔的地方，土地平坦肥沃，自古就有经商的风气。

解放前这里就有街道，有商店，有客栈，有牲畜交易市场，是个非常红火的小山村。老年人觉得这里的风水好，除了有石嘴岩这个神鹰的灵气罩着外，山底还有一眼山泉。不管干旱多久，这眼泉永不干枯，细流潺潺，水质甘甜，千百年来生生不息地奔涌着，滋养着这里的村民。

石嘴岩，原为当地的花果山。石嘴岩上有松柏、栎树、槐树、红枫、核桃树、杂灌等，松树、栎树中有合抱的大树。冬天松柏长青，春天槐花飘香，秋天红叶如霞，是一只美丽的神鹰。我们家族是这里最早的山民，从爷爷的爷爷开始就一代代生活在这里，守着郁郁葱葱的石嘴岩。

大炼钢铁的那个年代，大大小小的树都被拉下了山，全部为钢产量的翻身付之一炬，没过多长时间，给石嘴岩剃了个光头。

听说，爷爷为此哭了几天几夜。

后来大兴乡镇企业，村里建起了砖瓦场，又打起了山上林木的主意。没有几年时间，砖瓦场倒闭了，群众没有致富，倒是给这里的村民心里留下了深深的伤，给石嘴岩留下了刻骨铭心的痛。

终于盼到了大兴植树造林的春风，村民们雀跃欢呼，聘请林业设计师进行规划，提出了"山顶松柏戴帽，半山槐树系腰，坡脚花果缠绕"的思路。经过十多年的封山育林，石嘴岩又恢复了曾有的生机，树木葱郁，花果飘香。每到春天，洁白如雪的槐花，引来蜂儿飞，蝶儿舞，鸟儿鸣。

前年槐花盛开的时节，我回家看望娘，娘对我说："我知道你最喜欢吃槐花麦饭。这次回来正好，快到后面山上捋些槐花，我给你蒸麦饭。回去也给媳妇和孙孙带些，让她娘俩也尝一下。"

我提上篮子来到后山，槐花如雪，芳香扑鼻。蜜蜂哼着丰收的小调，蝴蝶穿着彩色的花衣，在我面前晃来晃去，生怕我看不见似的。离我不远处，有个放蜂的中年男人正在低头收蜜，我有点陶醉，感觉如今的生活就像这蜜一般甜。

石嘴岩，是座很神奇的山，物产丰富。

石嘴岩上有野生的蝎子。蝎子可以入药，能卖钱，以前我和小伙伴经常去捉蝎子。蝎子怕光，多在石板下聚生。有时翻开一块石板就可以捉好几只，运气好的时候一天可以捉一斤多。那时候，一斤能卖一元钱，心里高兴得不得了。

石嘴岩上生长着好多中药材，比如桔梗、黄芪、柴胡和丹参等。星期天或放暑假时，我和小伙伴也经常去采药，一个暑假就能攒够下学期的学费。

石嘴岩上还有好多其他野生动物。听老人们说，过去山上有豹子，有狼，有狐狸，有狍子，还有黄鼠狼和兔子等。除过豹子和狼我没亲眼见过外，其他的都碰到过。石嘴岩上的狼和狐狸都不扰害我们村上的牲畜，没听说过狐狸吃了谁家的鸡。老人们认为，山上的这些生灵都是专门为这座山而生的，为护佑我们这个小山村而生的，都是石嘴岩的守护神。

可惜在经历那次剃光头的劫难之后，石嘴岩上的这些生灵仿佛一夜间蒸发了。前段时间回老家，听发小说，这些生灵又慢慢回来了。石嘴岩上不仅有了狐狸和兔子，野鸡和锦鸡也到处都是。清晨，山上的鸟儿叫得特别好听，像家乡的姑娘唱着动听的山歌。

最近，我常常梦到家乡的山，家乡的水，家乡的人。梦到家乡的山更加美丽；梦到了春天的小雨中，山花烂漫；梦到了冬天漫天雪花中，石嘴岩披上了洁白的盛装。

张碾子

我家门前有个石碾子，看起来普通、粗犷，其貌不扬。

关于石碾子的来历，有一段传奇的故事。

据先辈们讲，这个石碾子到我们村安家落户已有好几百年了，陪这里的先民们一代又一代地繁衍生息，见证了这里的寒来暑往日出日落，也成了我们村上的一户"村民"。

相传当年，村上张姓家族有个叫张思廉的人考上进士，先在皇家当差，后被派往西部某偏远小县当县官。在任期间，组织乡民治坡造田，兴修水利，兴办教育，深受乡民爱戴，其事迹在当地广为流传。张思廉晚年告老还乡，看到家乡的山还是那座山，河还是那条河，乡民的生活依旧艰难——地因无渠不能浇，柴因山高无法烧，乡民们辛苦收获的稻谷仍然依靠原始的石臼去皮。他便发动乡民开始开荒修渠修路，改造自然。几年过去，乡民的生产生活条件很快就得到了改善。

有一天，张思廉叫来几位老者商议，说他考察多次，距离村子五里地的大石沟的石头材质好，可以请石匠打造个碾盘子，给村上安个石碾子，解决乡民稻谷去皮之难。他的提议，得到了大家的认同。于是，张思廉就找了几个匠人很快把碾盘子打造好了。在那个年代，好几吨重的大石头，又距村子好几里路，怎么运回来成了大问题。张思廉早已胸有成竹，给大家说不要着急，大家该干啥干啥，到冬季再说。又等了几个月，到了能冻破石头的三九寒天，张思廉发动乡民在地上泼水，等结了冰，又在冰上放上木椽，然后牛拉人推，硬是把好几吨重的碾盘子，连拉带推地运到村上，安装在我家门前的位置，自此就再也没有动过。

碾盘子弄好了，碾滚子在张思廉眼中就是小事一桩。在他的主持下，在打造碾盘子的那个地方找到了材质更好的花岗岩，打好了碾滚子，装上马车一步一步地往村里拉。但没想到，半路上突然遇到有人在打猎，只听砰的一声枪响，不知猎物中了没有，倒是把马给惊了。马刺啦一下把辕绳挣断了，几百斤重的碾滚子溜下车正好砸中了张思廉。乡民们眼看着他口吐鲜血，奄奄一息，撒手人寰，只能含泪安葬了张思廉，又安装好了石碾子。从此，这里的乡民再不为稻谷去皮的事发愁了。后人为了纪念张思廉，慢慢地就把石碾子叫作"张碾子"，一代一代传到现在，村里的年轻人不再知道谁是张思廉，只知道"张碾子"。

张思廉当年为了乡民急匆匆地走了，留下了遗憾，留下了乡亲们对他的思念。但欣慰的是张思廉的后人一代代传下来，也继承了张思廉热心为民的优良品德。

张阿牛是张家的后人，如今也年过花甲，一直以来，张阿牛视碾子如自己的先人。每到春节或清明节，张阿牛都会到碾子跟前念叨念叨，有时也会点上几炷香，以示对老先人的思念。前几年听人说，现在碾子也用不上，废弃了，干脆把碾盘子炸了，石头用来修房。张阿牛听说后，在碾子跟前竖了一块牌子，上边写着："谁要是把碾子给炸了，我就把谁家的祖坟给挖了。"大家都知道张阿牛有点"二杆子"脾气，说到做到，也就没有人敢打"张碾子"的主意了，碾子也就一直保存下来。

碾子是一块石头，一个简单的碾米器物，不会说话，但承载着一份情感。岁月长河里，它成为村上父老乡亲若干辈人的生活记忆。慎终追远，老一辈人记着为民谋利的张思廉。

记忆里，我陪母亲碾过稻谷，碾过嫩玉米，碾过辣椒，碾过谷糠。

那时候常常干旱，地也缺肥，不打粮食，总是缺吃的。每到收秋的时候，母亲常常把嫩点的苞谷拣出来，在碾子上连苞谷芯一起碾碎后晒干，再拿到石磨子上磨成面，蒸成窝窝头。

母亲还会把碾过米的谷糠倒在盆里，把又软又红的火罐柿子拌在谷糠里，晒干后磨面蒸馍。要说苞谷芯磨面蒸的馍不好吃，那用谷糠拌柿子磨面蒸的馍就更难吃了，尽管味甜，但口感粗砺硬涩，难以下咽，吃多了常常便秘。

现在，别说谷糠、嫩苞谷，就是上等的玉米也都做了饲料。可在那个年代，实在没办法，就靠农业社分到的很少的粮食加上嫩苞谷、谷糠之类的补充，度过了困难时期。灰灰菜、槐树叶、马刺蓟等野菜在那个时期更是上乘的食物了。

在我的记忆里，推碾子是件很郁闷的事，甚至比推磨子更痛苦。磨子稍高些，磨杠靠人的前胸使劲往前推，推起来比较省力。可推碾子就不同了，碾子比较低，碾杠靠人的两腿给力向前推，推起来就很费劲。再说那时年龄小，瞌睡多，不论推碾子还是推磨子，我总是推着推着就打起瞌睡来。推碾子的活，主要靠我家那头老黄牛来完成，我只不过是跟在老黄牛的后面帮着搭把力，但仍觉得力不从心。现在回想起当年艰辛的劳动画面，总让我眼眶湿润。

去年有事回老家，又去看了看这辈子都无法忘记的"张碾子"。碾子还在那里，但只剩下碾盘子、碾滚子了。往日嬉笑热闹的情景不在了，牛拉人推的画面不会再有了。碾子的周围长满了杂草，还堆有垃圾。我心里泛起一种说不出的惆怅，禁不住想起了"张碾子"的故事，想起推碾子的时代。

岁月如梭，光阴似箭。短短的几十年，国家富强了，乡亲们的生活发生了天翻地覆的变化。走进超市，各种商品琳琅满目，要什么有什么。现在已进入电子信息时代，进入机械智能时代，有了电动碾米机，也就废弃了碾子，造成了"张碾子"的尴尬处境。机器替代了碾子，这是社会发展、历史进步的必然结果；但乡亲们总是说，机器碾的米不如碾子碾的米吃着香。

虽然"张碾子"失业了，但村里人依然不会忘记张思廉的好。我不会忘记，曾经常常和邻居的小伙伴端上饭碗坐在碾盘上吃饭，在碾子旁边玩"狼吃娃"的游戏；也忘不了那时夏天的晚上，在皎洁的月光下，一群小伙伴坐在碾盘上，听大人们讲嫦娥奔月的故事。

前天，发小从家乡打来电话，告诉我一个消息。为了配合乡村观光游，有人要在我们家乡投资建一个民俗博物馆，把农村的一些传统的非物质文化遗产以及有保存价值、有故事的物件收藏保存，特别说到名单中有"张碾子"。我很高兴，以后再也不会为"张碾子"的归宿而牵肠挂肚了。

怀念柳

柳树湾是我的家乡,一个生我养我的地方。我的祖祖辈辈就住在这个地图放大五百倍也难以找到的小山村。这里的山陪我静静地思考,这里的水给我唱动情的歌,这里的生灵谱写了我生命乐曲中的一个个音符,这里的父老乡亲教会了我做人的道理,给予了我做事的力量和智慧。这里有高山,有小河,有山泉,有禽鸟,有虫鱼,有花草……还有我一生无法忘记的,深深印在我心中的大柳树。

大柳树,是我魂牵梦萦的乡愁。

家乡有条长长的沙河,河边长着大大小小茂密的柳树。父老乡亲也不知其学名叫什么,反正从上辈的上辈开始,都称其为宽叶柳,村里走出去的人称之为家乡柳。

在我的记忆中,每到春天,在乍暖还寒的风里,家乡柳最先鼓起似绿似黄的小嫩芽,慢慢地绽开,变成嫩绿的小叶。

经过一夜春雨的洗涤，变得翠绿翠绿的。微风轻轻一吹，嫩叶的背面会泛起淡淡的灰绿。有时遇到稍大点的风，也会哗啦啦地响，像幼儿园的小朋友拍着小手、露出笑脸向老师致意。

我视家乡柳为生命树。家乡柳不像金丝柳那么娇妍，但也婀娜多姿。她在春风中伸伸长长的腰，招招纤细的手，似帘似幕，似西施浣纱，有时还俏皮地飘洒些人们并不喜欢的绒毛毛。家乡柳还有着北方男人的粗犷、厚重。她柔中带刚，不畏天寒地冻，顶风冒雪，稍给点温度就会先挺直腰站出来，成为春天的战士。家乡柳的枝条粗壮，或竖或横或斜地生长着，相互交错，叶片宽而肥厚，在枝头均匀分布，于是空中就撑起了一张张大大的绿伞。家乡柳好像专门为河堤而生，其根系特别发达，比垂柳更能发挥护堤保土的作用。过去都是原生态的河堤，柳树下的土堤上长满了又红又紫又嫩的毛细根，好像在河堤上铺了一层厚厚的毛毡，把河堤保护得结结实实。

家乡柳承载着我的童年记忆。小时候，我和小伙伴在河里捉鱼玩耍，常常把家乡柳的细毛根弄下来，挂在嘴上当胡子；常常摘片柳叶卷起来看谁吹得响，比谁吹的曲调好听；常常比谁爬得高，谁能够着大柳树上的喜鹊巢，谁能掏个喜鹊蛋；还常常比谁在树上捡到的知了壳多——知了壳可入药，能卖钱，所以每当放学或星期天，大家就抢着去河边爬到柳树上捡知了壳，回家用线穿起来，穿好多好多。现在回想起来，觉得那时的我们像一群小猴子，无忧无愁，天真快乐。

那时候，乡亲们常用当年生的柳条编条笆。谁家盖了新房，都要编条笆,等待收秋的时候晾晒苞谷。我跟着父亲学编条笆,后来还学会了编笼子、编篮子,乡亲们都夸我手巧。在乡亲们的鼓励下,我拿自己编的东西到集市上去卖,还真换回了不少学费。

家乡的柳树,成材后可以做房梁,也可以做成门窗家具。柳木韧性大,不易裂缝,还是做案板的好材料,柳木做的案板是当时流行的陪嫁。

柳树湾,应是因柳而得名。

村里有棵大柳树,有三人合抱那么粗,黝黑的树干上布满了沧桑,高大的身躯看似老态龙钟,但每年都会用新枝展现生命的力量。没有人考证过到底是先有大柳树,还是先有柳树湾。据说,大柳树已有几百年的历史,反正上辈的上辈也说不清到底树有多大年龄。

从我记事起,大柳树上就挂有一个老碗大的钟。每遇开社员会或重大事情,钟声就是集合的号令。钟声一响,不到几分钟的时间,村里人就从四面八方赶到大柳树身边。大柳树,就像我们村的主心骨。

那时候,大柳树边上有个荷塘,荷塘边上有块大石头。每到夏天,烈日高照,小伙伴们少不了在荷塘中捉鱼、赶蜻蜓、打泥仗,还会把泥涂在身上蹲在荷塘边晒太阳,就像一群雕像。到晚上,小伙伴们一起坐在石头上,嗅着荷叶的清香,披着皎洁的月光乘凉,听大人们谈天说地,聊家短里长。

有一年村里搞了一个"移山改河"工程,给沙河做了一个外科整形手术，改变了我们村附近的河道走向。很遗憾，新河堤边换栽了新品种金丝柳，老河道改造成了耕地，宽叶柳自然而然地被砍光了。

自从河堤上的宽叶柳被砍后，那棵大柳树也越来越衰弱，新枝越来越少，叶片越来越小。终于，有一年的春天，新芽再也没有绽开，人们才发现大柳树老了，要走了，最后真的走了。

从此，再也看不到家乡柳的身影，听不到大柳树上的钟声，也听不到大柳树下的笑声了。大柳树的离去，在父老乡亲心里留下了深深的伤痕，有的老年人为此流下了眼泪。

为了弄清究竟，村里请来了林业专家和环保专家，经过调查，才明白是离大柳树不远的一家小化工厂向地下偷排了有毒的废水。尽管后来那家化工厂关闭了，业主也受到了严厉的惩罚，却怎么也挽救不回大柳树的生命。为了纪念大柳树，乡亲们对受污染的土壤进行了治理，在原地重新栽了一株宽叶柳。

最近，我去外地的一个小县城出差，看到他们大搞生态旅游，在河边栽了几行金丝柳。我问路上的行人，这里过去栽的啥树？行人说过去多是宽叶柳。我便想到了家乡柳。这里的一行行金丝柳也像是栽植了好多年，但长得一点都不旺盛，干巴巴的。仔细看看，发现是土太浅，下边全是河堤浆砌后的石子。看起来是活着，又好像死了。

独自走在这个小县城的河边上，虽然灯火辉煌，但倍感孤独，无心观灯，无心赏景。我想着这个小县城新栽的金丝柳是否还能顽强地活下去，更想着家乡的父老乡亲栽的那棵宽叶柳能否快快长大，长成和原来一样的大柳树。

　　家乡柳，是我一生的怀念。

顽石

顽石，小名"顽石蛋"，别名"小白兔"，是我家一名特殊的成员，看似极其普通，但有着曲折的身世。不丑，但算不上漂亮，也算不上威武。个头不大，高不过尺五，宽尺有余，厚多则五寸，不白不黑的，常年静静地站在门前那棵苹果树下，好像我家的守护神。

我家顽石，祖籍大秦莽岭，长在洛河川。顽石与爷爷有缘，是爷爷从洛河畔背回来的。我家距洛河不远，洛河两岸常有亲戚往来。爷爷当年去洛河北走亲戚，返回过河时，偶然发现有块石头很奇特，上面有一只很清晰的小白兔的轮廓，且越看越像。爷爷觉得吉祥，很有缘，也可能是出于喜欢这只小白兔的缘故，就决定把它背回家，起名"小白兔"。我虽没见过爷爷，但知道爷爷是个有名的大善人。听父亲说，爷爷在世时为人宽厚善良，喜欢小动物，从不杀生，就连只小蚂蚁也不忍踩过。美的东西好像会遗传，爷爷宽厚善良的品格也传到了父辈及我们这辈，大家都秉承着"宁愿人负我，我永不负人"的做人之道。

洛河畔的顽石，来自上游的沟沟岔岔，质地各异，在水里摸爬滚打，形成不同的大小和形状。不同材质的石块从上游一路来到洛河川，经过千百年的酷暑严寒、风吹雨打、洪水冲刷，原本的棱角磨光了，看着温顺惹人爱。

小时候，在洛河畔，满世界都是顽石蛋。至今乡村还流传着这样的民谚："洛河畔，顽石蛋，远看就像鸟儿蛋，走在河边顽石绊。"

在当地，人们原本都不喜欢用顽石做建筑材料。顽石没棱没角的，无论砌成房基还是石埝都不如其他石材好看。这几年建设工程多了，盖房的人多了，合规的采砂采石场少了，石头的身价也暴涨了，大大小小拉石头的车才跑到洛河畔。慢慢地，洛河畔的顽石蛋也就少了，不见了。现在只剩下河中间的几个，上面都长着绿苔，踩上去脚像抹了油似的，它们也早已被石贩子盯得紧紧的。有时在想，我家顽石就是上天安排的，注定让爷爷发现，让他背回家。如果不是有缘，搁现在，可能也被粉身碎骨了。

我家顽石是奶奶和母亲的最爱。爷爷当年把顽石背回家，给奶奶说他捡回一块宝贝石头，上面有只小白兔活灵活现的。奶奶不管小白兔大白兔的，看了看，给爷爷说："这下好了，终于给我找到洗衣服的捶布石了，明天就放到我洗衣服的水潭边上吧。"爷爷心里不愿意，但还是按照奶奶的指示把"小白兔"乖乖地放在了奶奶指定的地方。

奶奶经常洗衣的地方，是离我家房屋二百米远的小溪，溪边有个水潭，平时村里人都在那儿洗衣服。哗啦啦的流水声，洗衣人的说笑声，捶衣服的敲打声就像一曲动人的交响乐。那时候，农村没有肥皂，也没有洗衣粉，洗衣服主要是靠皂角树上结的皂角，还有从山上挖的石莲根。用的时候拿棒槌把皂角捣烂，裹在衣服中放在捶布石上用棒槌敲打，翻来覆去地敲，靠皂角中的碱性物质把衣服洗净。

那时候，我们村有棵大皂角树，很吃香，每到皂角成熟时，爷爷就用夹杆把皂角摘下来，分给各家各户。附近村上的人有时也会来摘一点，但更多的是来采种子，带回去种在自家房前屋后，因而家乡也有了更多的皂角树。

有一年，村上发了一次几十年不遇的大洪水，半夜下的雨，很大很大。奶奶担心洪水把捶布石冲走，想让爷爷去把捶布石背回来，但外面是瓢泼大雨，人根本就出不去，也只能听天由命了。第二天早晨，天晴了，洪水也小了，爷爷奶奶天不亮就去小溪边看捶布石，发现早就被洪水冲得没影了。

奶奶很伤心，和爷爷一块儿沿着小溪到下游去找，却怎么也找不着。两人就这样带着伤心和失望原路返回，竟奇迹般地发现"小白兔"架在两棵杨树根部的树茬子上，被淤泥埋得只露个头。爷爷高兴地用手挖出来，又给它洗了个澡。奶奶说再不要把捶布石放在小溪边上了，还是背回去放到院子里，免得再被洪水冲走。于是，"小白兔"又回到我们家。

此后，"小白兔"就再也没有离开过我的家。每次奶奶洗衣时，都是爷爷挑水，在院子里捶洗好后再拿到小溪边去漂洗。不知过了多长时间，从奶奶洗衣服再到母亲洗衣服，"小白兔"担当的角色一直是捶布石。再到后来，也不知是哪一年，市面上有了肥皂，有了洗衣粉，"小白兔"就从捶布石的位子上退下来了。

我家顽石从捶布石的位子上退下来后，其实没闲着，又担负起了压菜石的使命。

家乡有吃酸菜、咸菜的习惯，尤其是在生活困难时期。每到霜降前后，家家都忙着准备冬春季的菜。酸菜多是萝卜缨子、雪里红，有的还以野菜为主要原料。咸菜多是莲花白、白菜、胡萝卜、雪里红，有的还加点菊芋、生姜等。

人口多的家庭每年要腌几缸菜。我家人口不多，每年腌一大缸酸菜，一小缸咸菜。母亲认为"小白兔"是最好的压菜石，尽管稍大了点、重了点，但压的菜不易起泡、不易变质，吃起来更脆更可口。就这样，"小白兔"每年的冬春季在缸顶压菜，其余时间在我家房檐下躺着休息。每当吃饭和休闲的时候，它又担当起小凳子的角色，坐在上面踏实又凉快。

多年以后，城乡生活面貌都发生了巨变。每到冬季，无论城市还是乡村，卖新鲜蔬菜的多了，吃新鲜蔬菜的人也多了，腌酸菜、咸菜的人少了。有的家庭依然留恋酸菜、咸菜的味道，每年还适当地腌制一点。我家到我这辈和下一辈，进城上学、工作的多，多年前就基本告别了酸菜。

说不清是从哪年起，家人把"小白兔"移放到了院墙根那棵苹果树下。它像个盆景，清晰地展示在人面前；又像个哨兵，静静地守护着我的家。

柿子红了

家乡的秋天，色彩斑斓。随着一场场秋雨、一夜夜秋风，杏叶黄了，枫叶红了，柿子也红了。那一树树红柿子，似一团团熊熊燃烧的火球，成了一道绚丽的风景。

柿树深受乡亲们喜爱。我家的房前屋后都是柿子树。父亲生前是个土专家，有嫁接果树的手艺。每到春天，乡亲们都请父亲帮忙嫁接果树，柿树当然是主要的树种，于是家乡的柿树越来越多了。家乡的柿子有水花、重台、镜面、牛尖、火罐等品种，乡亲们都很喜欢，火罐柿子更是乡亲们的最爱。

每当春风吹来的时候，柿树的芽苞先被唤醒。一个个小芽苞变成嫩嫩的犄角，慢慢地伸开，十天半月后，就成了绿油油、厚嘟嘟的椭圆形叶片，在微风中像猪八戒的耳朵，亮闪闪的。在霜降之前，这又绿又亮的叶片就是小柿子的粮仓。随着秋风秋雨的洗礼，树叶渐渐变黄或变红，慢慢地老去、飘落，像铺在地上的一层彩色的绸缎，厚厚的绵绵的。

柿树的花儿也是很特别的——小金钟一样淡淡的小黄花，泛着淡淡的清香。小黄花脱落后，就能看到密密麻麻的小柿子了。有的小柿子头上还会戴顶"小帽子"，待"小帽子"落了，小柿子也就有小杏那么大了。每年九月后，柿子慢慢成熟，变得红通通的。微风中，时而藏在叶后，时而露出笑脸，像在捉迷藏。过了霜降，叶子落了，只剩下一树树红柿子，像挂满了红灯笼，简直美极了。站在树下，人的笑脸也会映成红色，显得容光焕发。

家乡的柿树，和家乡的父老乡亲一样朴实，不与百花争艳，待桃花、杏花、梨花把春风送走后，才默默地绽放，把悠悠的白云浸在淡淡的清香中。伞一样的大树冠，在火热的夏天为乡亲们带来阴凉。秋天来了，她们会为乡亲们献上红红火火的累累硕果。

小时候，每年七八月份，我一放学就拿上夹杆去摘树上的红蛋柿[①]，有时候夹杆够不着，便会捡一块小石头把蛋柿打下来。待到一树一树的柿子都红了，便帮大人挑着篮子，一树一树地收获柿子。晚上在灯光下一个一个地挑柿子，挑出又大又圆的，加工成柿饼。这个季节，各家房檐下都挂满了一串串红柿饼，常常会引来喜鹊、麻雀的光顾——它们趁看柿饼的人不注意，很快地啄几口，然后高高兴兴地离去。我也经常帮母亲把最甜的火罐柿子和谷糠或嫩苞谷拌在一起，

[①] 蛋柿，即被虫食后的柿子，不到成熟季节就提前红了。

晒干磨面蒸馒头,来弥补口粮的不足。实行联产承包责任制后,人们再也不愁缺粮了,便把收获的苞谷用绳子串起来,挂在门前的柿树上晾晒,红通通的柿子、黄灿灿的苞谷又成了一道美丽的风景。

家乡的柿子,富含果胶、维生素,有极高的营养价值,也有清热润肺解毒之功效。但因其性寒,不能与萝卜、红薯同食。农村至今还流传着"吃萝卜,吃柿子,快请王婆立柱子"的谚语,说的就是萝卜和柿子同食之后,肚子会如翻江倒海一样地闹腾难受。

柿子还是烧酒的上好原材料。乡亲们有烧柿子酒的习惯,每到柿子红了的季节,家乡的空气中就弥漫着醇厚的酒香。当然,人们最喜欢的又红又甜的火罐柿子,是舍不得用来烧酒的,常常铺放在柿子架上,等着下霜、下雪,等着来客人的时候,取一些放在盆里,倒上热水,温热了招呼客人。春节前,人们会从柿子架上取下又红又甜的火罐柿子烧肉,烧出的肉又红又酥又香,便会早早地感受到年的味道了。

这些年,市场上各种蔬菜瓜果多了,柿子已经不像原来那样稀罕。柿子红了的季节,摘柿子的人就少了,到处挂着的柿子像红灯笼一样,又像一团团火球,在蓝天白云的映衬下,成了乡村最亮丽的风景。特别是冬雪以后,红红的柿子上盖满洁白的雪,柿子红得透亮,雪白得晶莹,简直就是一幅美丽的冬雪图。

家乡的柿子树,是一幅画、一首诗,永远刻在我心里。

怀念父亲

　　父亲离开我们二十多年了，一直想着为父亲写点文字，但整天忙忙碌碌地工作，一直未能如愿。

　　今日清明，一向阳光明媚的春天突然间拉下了脸，阴霾笼罩，细雨蒙蒙，对父亲的思念一下子涌上心头……

　　父亲离开我们时刚刚年过花甲。五个儿女有两个务工，三个务农，都已经结婚生子，也都很优秀很孝顺。按说父亲后半生该享福了，但他却突然离开了我们，走得那样匆忙，没有留下一句话，没有给儿女们看他最后一眼的机会，只留给了我们无尽的遗憾和伤痛。

　　那是六月里的一天，去上班的路上，突然接到家里电话，说是父亲出了点事，要我回家看看。为了不让在外地工作的我担心，家里一般小事都不告诉我，当时便有了不好的预感。

　　急匆匆踏上回家的路，坐在车上魂不守舍，想了很多很多，却没有想到最坏的境况。

坐车到古城镇，准备借自行车回家时，发小玉生忽然出现在我面前。他还没有说话，眼里已噙满泪水，哽咽着说父亲因横祸已经走了。玉生来集市上给我家采购需用的东西，并接我一块儿回去。霎时间，我感到天塌地陷，心如刀绞，痛哭流涕。

回到家，家里已哭成一团。邻里们忙着准备父亲的后事，他们说父亲此时还在回家的路上。

夜幕降临的时候，亲邻们把父亲抬回来了。父亲被找到时已溺亡多时，天气炎热，只能用白布包裹得严严实实。我大声哭着扑上去，也没能最后看他一眼。

那时候，父亲的身体还挺硬朗，我们也没有想着给他准备身后的事。由于时间太紧，第二天中午就要下葬，只能连夜做棺材，自然做得很粗糙。现在回想起来，仍然觉得心中很酸很痛。可怜的父亲吃了一辈子苦，走得那么匆忙，没有给儿女们留下孝敬他的机会，就连安葬都是那么仓促。

父亲生于20世纪30年代初，是爷爷的独生子，也是凤凰蛋一般。爷爷很开明，让父亲上了三年初小。父亲聪慧好学、为人忠厚，深得乡亲们喜欢，解放初就被推举为合作社的会计。在我的记忆中，父亲的算盘打得是一流的，他可以两只手同时打两个算盘，账算得又精又准，在乡里乡外小有名气。

父亲给予了儿女深深的爱。

在那些天不下雨、地少产粮、坡不长草的岁月里，为了儿女们不挨饿，他经常披星戴月到几百里之外的河南担干红薯片子，到几十里之外的深山担柴，饿了啃几口窝窝头，渴了到河边喝几口凉水。

只要母亲做好吃的，他总是推托不饿，让我们先吃。那时候只有过年时才能吃上米吃上肉吃上豆腐，他也是尽量留给我们。平时白面也很少，但凡吃白面的日子，父亲多半推托外面有事，让我们先吃饭。

我十六岁那年考上中专，要去州城上学。父亲为我借了十五元钱，向邻里借了一只大箱子，送我到古城镇坐车上学，陪伴我人生第一次远行。

父亲离开我们的前一年，有次和我拉话，使我刻骨铭心。父亲对我说，他这辈子亏欠了儿女，家里没修没盖，穷了一辈子，没给儿女留下什么。我说，他和母亲能把我们兄弟姐妹养大就很不容易，我们都有双手，一定会把日子过好，会让二老晚年享福。父亲又说，要把我给他买的棺材板卖掉，给我凑钱买房。我很生气，也不会让他那样去做，但我理解父亲，理解父亲的一片苦心。现在回想起来，心里仍然酸涩。

父亲一向寡言、性格温和，对儿女的慈爱多过严厉，很少打过我们兄弟姐妹，就连平常说教，高声也少。但如果谁做错事，父亲也绝不轻易放过。

八岁那年，我有次去割草的路上，学着邻家的哥哥割了人家的青苗。父亲知道后把我打得屁股红肿，这也是他一生唯一一次打我，给了我一个深刻的教训。

工作后，我每次回家，父亲都要叮嘱："公家的事大，你一定要好好干，家里的事别多操心。"这么多年，一路走来，父亲的话时常响在耳边，激励我干好工作。今天我想骄傲地给父亲说一声，儿子没有给你丢脸，公家的事都干得很好。

父亲是家乡远近闻名的大好人。乡里乡亲都说父亲人品好，为人厚道善良，处事公道，对待邻里亲朋就像对待家人一样有爱心。也正是父亲的好品德和教育，影响着我的一生，让我成为像父亲一样的人。

父亲的勤劳在家乡也是出了名的，这种品德激励着我们成长。在我的记忆中，父亲忙里忙外操持这个家，还要耕种几亩薄田，肩扛背驮，每天把东山日头背到西山。父亲为了这个家，除过睡觉就是干活，耕作、砍柴、放牛……每天总是最后一个吃饭。母亲等了再等，饭凉了再热。

父亲干活精益求精，他整理过的地很平整、有棱角，小石头捡得干干净净；他收割的麦子放得整整齐齐，就连割过的麦茬儿也一样高。

记得有一年和父亲在东岭上割麦，从山上把上百斤重的麦捆往下背。我累得两腿发软，恨不得长对翅膀飞下去。父亲见状，过来帮我背，并劝我以后少背点，告诫我干什么事都要耐着性子一步一步地来，时间长了也就适应了。这些朴实的话一直引导着我，使我养成了严谨认真的工作习惯。

父亲勤劳好学的品德鼓励我学会了农村所有的手艺活——我从小就跟着父亲学会了编笼、打草鞋、果树嫁接等。

父亲，你在那边可好，是否能听到我对你的问候，可知你现在已儿孙满堂？你走后留下的一块七毛钱分给了你的长孙、长孙女。现在你的长孙、长孙女、长外孙、外孙女都已成家，也都有了孩子。他们都孝顺，日子也过得很好。其他没成家的，有的工作，有的上学，都很好的。如果你还健在，你会和母亲一样享福，一样尊享四世同堂的天伦之乐！

父亲的爱说不完，思念的情述不尽，此刻我心痛不已，只好含泪搁笔。

愿风将思念带到天堂，愿远在天堂的父亲一切安好！

家乡的端午节

五月，火红的石榴花，洁白的栀子花、茉莉花，把家乡的初夏装扮得分外美丽。田坎上艾叶的清香浓浓扑面，街道上五彩缤纷的香包落在了我的眼里，也落在了我的心上。又是一年的五月到了，我想起了家乡的端午节，我想起了小时候母亲包的粽子的味道。

每当端午节来临，母亲就张罗包粽子的材料。准备叶子，自然是父亲和我的事。我只是个小帮手，父亲会带上我，拿上扁担和镰刀，到南山上去采摘槲叶。这个季节，上山采摘槲叶的人很多，去得早的，才能采到大而厚的好叶子。父亲每年都是提前几天，披着星星上去，戴着月亮下来，饿了啃几口窝头，渴了喝几口小溪中的凉水，还要在山下的人家歇上一晚，才能采回一担叶子。母亲常常会把父亲采的槲叶分送一些给亲戚或邻居。遇到天旱的年份，采的槲叶一定很小，也采不了多少。母亲就会带我到村边河畔的芦苇丛里，采些芦苇叶包牛角粽子。

家乡包粽子一般都用小米、糜子，很少用大米。那时家乡少有稻田，街上也少有卖大米的，买的话只能去国营粮店。大米凭票供应，逢年过节，还要排长长的队。有一次，我给母亲说想吃大米包的粽子，母亲就让父亲去离家二十里的粮店买。我闹着要和父亲一块儿去，到了粮店，已是大中午。买米的人很多，父亲让我在院子的杨树下乘凉，他去排队。父亲身穿母亲亲手缝制的白粗布对襟衫子，黑裤子也是母亲织染的，脚踩一双布鞋，站在火辣辣的太阳地里。我看见父亲的后背已被汗水浸湿，便掏出用母亲做衣服的边角料裁剪的小方巾，上前去给父亲擦汗。父亲的脸上、下巴上、已爬满细细皱纹的额头上满是汗水。父亲说，农村人都是这样的，晒惯了。我看着父亲被汗水浸湿的背影，心里不由一阵酸楚，眼里噙满了泪花。

备好了叶子、米、红豆、大枣、马莲草，就可以包粽子了。包粽子前，母亲会把槲叶或芦苇叶在水中泡大半天，然后反复搓洗，把叶子洗干净，整整齐齐摞起来；把米、红豆、大枣拌在一起，泡在水里，放上少许的碱，包粽子的馅料就算弄好了。母亲手巧，先包一个，夹在左手指间，再包一个，然后绑在一起，不用换手，动作像流水一样娴熟。我有时也会学着包，母亲教我粽子不要绑得太紧，绑之前要灌些水。煮粽子也要讲技巧，一定要大锅满水小火慢慢地煮，煮好的粽子才好吃。

　　家乡的端午节很有仪式感。虽然不耍社火、不赛龙舟，但一定要绑花花绳、喝雄黄酒。母亲会挑着夜灯，把用五色丝线做的花花绳绑在我的手腕上、脚脖子上。每条花花绳上还带个小香囊，香囊里一般放的是朱砂、雄黄、香草，外包丝布，色彩艳丽，清香四溢。母亲说，绑花花绳能避邪，佑安康。花花绳一般在月余后解下来扔到河里或压在石板下，从此一年都会平平安安，吉祥如意。喝雄黄酒之前，母亲会用筷子蘸上雄黄酒在我的鼻孔、耳孔中抹上些，这样虫子就不会爬进耳朵或钻进鼻孔。这些程序举行之后便开始吃粽子。母亲会把煮好的粽子剥好放在碗里，浇上土蜂蜜或红糖，香香甜甜，满屋都飘着粽子的香味，充满着浓浓的端午气氛。

　　小时候，只知道端午节吃粽子、绑花花绳、喝雄黄酒。后来长大了，上学了，才知道端午节是为了纪念伟大爱国诗人屈原。听老师讲，屈原是战国时期楚国朝中大臣，因谏言楚国、齐国联手抗秦，遭奸人所害，被流放在外。屈原在流放期间仍不忘强国之心，为表达心中的悲愤，写下了流传千古的《离骚》，后知楚被秦攻灭，悲愤、痛苦、伤怀、绝望之心让屈原抱石投身汨罗江而去。屈原投江这一天正是农历五月初五，百姓悲痛万分，为了不使屈原的身躯被鱼虾吞食，将粽子投入江里，这样才有了端午节包粽子的习俗。后来看的书多了，才知道历史上留下了很多文人墨客为纪念屈原所作的诗篇。比如，至今仍让我记忆尤深的苏轼的《屈原塔》：

"楚人悲屈原，千载意未歇。精魂飘何处？父老空哽咽。至今沧江上，投饭救饥渴。遗风成竞渡，哀叫楚山裂。"

母亲年事已高，端午节包粽子的事已传到下一代，但母亲仍会参与，或在一旁指挥，家里粽子的味道还是母亲的味道。母亲知道我在外工作忙，常常提前将粽子包好，托人给我送些来。每逢端午节，我常常怀念早已过世的父亲，想起陪父亲去南山采槲叶、去粮店买米的情景。我也常常带上妻女回家去看望母亲，母亲总是站在路口，朝我回家的方向守望，等我回来之后一块儿回家进门。

去年端午节，我回家看望母亲。母亲微笑着，满头的银发、满脸的皱纹，诉说着一辈子为了儿女的操劳。母亲看儿子和媳妇、孙女、重外孙都回来了，高兴地问东问西，让吃让喝，一家子四世同堂，其乐融融。我心里却很内疚，自己因工作忙，很少回家看望母亲。吃饭时，母亲给我夹菜，给女儿们夹菜，我心里不由一阵酸楚。在母亲的眼里，儿子再大都是小孩。临走时母亲问我能否不走，在家住上一晚。我只能无奈地说孙子还小，要早点回去睡觉了。母亲还是和往常一样，给我带上粽子，带上好吃的，把车后备厢塞得满满的。车慢慢地离开，我远远地看着母亲的身影，眼泪一下子涌出……

又是一年端午节，商场已开始卖各种味道的粽子，甜的、咸的、包肉的、包鸡蛋的，但怎么都吃不出母亲包的粽子的味道。卖七彩香包的摊位也红火起来，商品琳琅满目的摊位前挤满了看热闹的人。我在想，现在的年轻人有多少真正知道端午节的由来，知道香包的意义和做法，又有多少人读过屈原的《离骚》呢？

  端午节越来越近了，我给母亲打过电话，今年的节日要陪母亲一块儿过。我想念母亲包的粽子的味道，想闻一闻家乡山间溪畔艾叶的清香。

怀念岳母

明天就是岳母去世三周年的祭日。今夜，我彻夜难眠，岳母的音容笑貌像电影一样浮现在我的眼前……

三年前的农历四月初八，岳母走完了她七十八年的人生。岳父永远失去了爱他、疼他、无微不至照顾他的老伴，儿女们失去了好母亲，孙辈们失去了好姥姥、好奶奶。

在我的心中，岳母就是大家庭的天，是一尊慈祥的活菩萨。每次回到灵口老家，院落总是热热闹闹的。邻居们跑来和岳母聊天，家长里短，有说有笑。哪家有疑难问题，岳母总是很认真仔细地听，嘘寒问暖。她常常走东家、去西家，总有拉不完的话。岳母在的日子，儿孙们像一群小鸟，像离散多年的游子，总是急着回家，感受家的温暖、家的阳光、家的快乐、家的幸福。

岳母就像是家里的一棵大树，在骄阳似火的夏天，让儿女们乘凉。岳母的去世就像天突然塌了下来，树枯了，家散了。岳母在的日子，我每次回去，老人家总是亲切地说，"吃饭了没有，没吃妈给你做""天变了，要记着加衣裳"。她常常叮嘱儿子"注意身体，在外少喝点酒"，常常对女儿说"要学会贤淑，把娃管好"，常常叮咛孙辈们"好好学习，少调皮捣蛋"。自从岳母去世后，一个热闹快乐的大家庭少了笑声，尤其逢年过节，更会引起大家深深的思念。

岳母去世后，可怜了老岳父。尽管儿女们都很孝顺，但哪比得上岳母在世时生活上精神上无微不至的照顾。岳母走后，很少见过老岳父的笑脸。他常常静静地注视着墙上挂着的那张全家福照片，带着哭声给我说："我想你妈了。"每当此时，我心里总有说不出的难过、酸楚和无奈。多么希望，在夜深人静时，岳母能够悄悄地回到老岳父的梦里去看看他，给他一丝安慰，给他一张不再带着忧愁的笑脸。

岳母把一生的爱都倾注给了家人。在我的心中，岳母是极具大爱、大善的人，对待老人用一颗善良的心，用孝敬和贤惠的行动，尽到了儿媳的责任。听爱人讲，在那个缺吃少穿的年代，凡做好吃的，岳母总是让老人先吃，再让孩子们吃，自己宁愿饿着。到县城居住之后，每次回家，岳母都准备好老人喜欢吃的点心。对待子女，岳母一辈子更是操碎了心。过去，岳父在外工作，孩子又小，岳母担负起了家庭的重任，上敬老人，下照管未成年的孩子，还要耕种农田，家里的柴米油盐、吃喝拉撒，哪样都得操心。

岳母一度积劳成疾，住进医院，生命垂危，受尽煎熬。或许是岳母的大爱感动了上苍，老天又把岳母还给了儿女们。

岳母对孙辈们更是格外地亲、格外地爱、格外地操心。王磊、王敏、王玺、张铮、刘瑜、王卓、亚楠、浩楠，没给哪个喂过饭，没给哪个端过尿，没给哪个擦过屎？他们个个都是岳母看着长大的。

1986年，我加入这个大家庭。三十多年来，岳母对子女、对孙辈、对亲邻的好，我看在眼里，铭记在心。岳母对我的关爱如对亲生儿女，总记得我喜欢吃菜包馍、煮豆腐，逢人便夸女婿好。

岳母临终前那次住院，我终生难忘。岳母在病床上对我说："我和你爸这辈子，都待人善良，儿女们也都好。你嫂子有高血压，还要里里外外地辛苦操劳；小媳妇事儿多，整天出门在外，让人担心，心也跟着跑；你哥的胃不好，腿不好，不知啥时能治好；小儿在外人缘好，朋友多，就是爱喝酒改不了；二女子娃娃多，负担重，希望她们日子能好过；小女年龄小，性子直，说话不拐弯，容易把人伤；玲英现在日子有难处，你们想方设法要去帮。"这一字字，一句句，让人难以忘怀，过后才知这就是老人家的临终嘱托。

岳母对亲邻也一样关心。大舅病重期间，岳母天天打电话，隔三岔五回去看，送上暖心话，送上大舅喜欢的肉夹馍。马原姑在商州住院后，岳母急得团团转，给我打电话叮咛找医生。听说博俊哥生了病，岳母到处打问医生，劝哥多注意，叮咛吃药要及时。还有东头舅、后山姨、妯娌妈，都是岳母牵挂的人。就连我外甥的婚事岳母都操着心。凡是村里的人进县城办事，或是看病，岳母都要陪出陪进地去帮忙，常常将腿脚跑肿。岳母的大善、大爱和大德，真是几天几夜说不完。

在儿女们心中，岳母永远是做人做事的典范和榜样。几十年来，岳母的一言一行，一点一滴，默默地影响着、激励着儿女们。岳母常常给儿女们讲，做人要宽厚，要善良，要有爱心；做事要有上进心，要清清白白，要把工作当大事干，要勤奋。岳母的这些肺腑之言，成为儿女们一生的财富，成为激励我学习工作生活的最大动力。

今夜，借着月色我酎酒一杯，遥敬在天堂的岳母，送去我深深的思念。此时此刻，我想她一定能听到我的问候！就在去年腊月，岳父也走了，踏着岳母的脚印去了天堂。祝福他们在那边夫妻恩爱，驾鹤仙游！

难忘母亲的砂锅豆腐

说起砂锅豆腐,那可是家乡地地道道的特色美食,是小时候过年才能吃上的最好的食物,也是我一辈子难以忘怀的乡愁。

人年龄大了就容易怀旧,到了过年的时候,总是想起小时候的情景。进入腊月后,我也会和别的小孩子一样,盼着年能早点到来。年到了,家家户户蒸白馍、做豆腐、炸果子、贴对联;年到了,就能吃上母亲做的砂锅豆腐了。

小时候,一年到头基本上是吃不上肉的,就连吃顿豆腐也算是奢侈的事。豆腐的吃法很多,最好吃的还是母亲做的砂锅豆腐。过年来了客人,也是用砂锅豆腐来招待。砂锅豆腐的做法是很讲究的,不仅豆腐要好,砂锅要好,还要把握火候,适当使用调料。

十里八乡就数老舅家做的豆腐好,好就好在老舅家有上辈传下来点豆腐的秘方，再就是做豆腐的水是泉水。离老舅家不远的山沟里有眼山泉，一年四季源源不断地从地下往外涌，就好似一台永不停歇的机器。夏天的时候，泉水冰凉冰凉的，老舅从地里干活回来舀一瓢，咕咚咕咚一饮而尽，口里还念叨着："真美，真解馋。"冬天的时候，水是温热的，越是天寒地冻，泉眼里越会冒出一股热气来，白白的，飘飘然似外婆做饭的炊烟。这眼泉是老舅家和相邻几户人家的生命泉。因为这眼泉的水质甘甜，所以老舅家做的豆腐自然是超级好了。小时候，我家过年的豆腐也大多是从老舅家拿回来的。

有一年腊月，我去老舅家取豆腐，回来要过一条沙河。那时的河上没有桥，多是用大石头支起的列石（以此为桥过河）。石头激起水花，水花落在石头上，结一层薄冰，滑得像抹了油似的。真是应了人常说的"怕处有鬼"，正想着不要跌到河里，脚下就哧溜滑了一下，把豆腐摔在河边的石头上，几块豆腐都被摔得"脑袋开花"。回到家我生怕挨打，躲在里屋不敢出来。我听到母亲的叫声便哭了起来，母亲问咋回事，我只好如实说了，心想母亲一定要狠狠打我一顿。母亲看见我鞋子湿透了，脚冻得通红，急忙给我找来鞋子换上，安慰我说："烂就烂了，以后做啥小心就是了。"几十年过去了，母亲的话至今依然清晰如昨日。

后来，老舅教会了父亲做豆腐，尤其是给父亲传授了点豆腐的要领，我家的豆腐也越来越好了。

有了好的豆腐，没有好的砂锅，也很难做成纯正味美的砂锅豆腐。砂锅豆腐之所以成为家乡的特色美食，主要是因为家乡出产做砂锅用的高岭土，从祖辈流传下来的做砂锅的手艺，家家都会。后来年轻人都去城里打工，做砂锅的人也慢慢地少了。为了不使这门民间工艺失传，在当地政府的支持下，砂锅制作工艺成功申报了世界非物质文化遗产。

父亲在世时说过，他小时候也常常去做砂锅的作坊看大人如何做。听父亲讲："做砂锅最要紧的是选料，高岭土不能含杂碎小石头。要有耐心把泥'窝'（方言：做）好，泥'窝'好了就像面一样筋道，不易碎裂。烧砂锅的火候更要把握好。最后一道工序是用当地的松树枝烧熏，亮闪闪、明晃晃的砂锅就好了。"父亲虽然去世二十多年了，但父亲的话依然记在我的心里，还真想有机会能亲自试试。

砂锅豆腐的做法说简单也简单，但真正做得味道鲜美并不容易。母亲做的砂锅豆腐，浓香扑鼻，入口即化。母亲说："砂锅豆腐不仅要选好豆腐，还要选好萝卜。萝卜选又嫩又脆带绿头的，切片最好呈长方形或菱形，不宜太厚，香杆粗最好。萝卜片最好是用大肉汤煮过的。"那时候家里穷，割不起肉。有一次，母亲给父亲说："实在没钱了，就去卖肉那儿，赊几斤肉回来，不说吃肉了，还要煮萝卜片呢。"父亲只好去给人家卖肉的说好话赊几斤肥肉，煮了萝卜片，过年也能吃上肥肉片子(那时候肉越肥越好)。萝卜片弄好后，上面放层豆腐，豆腐最好切成筷子头厚，再放一层粉条，摆上红烧过的肥肉片，加入煮过肉的原汁汤和用花椒、辣椒、肉桂、大茴、香叶做的砂锅豆腐调料。听母亲说，砂锅豆腐香不香，主要在于调料多少、下料迟早。最后一道工序就是放在红红的炭火上慢慢地煨炖，出锅时放葱花、香菜、姜丝调味。这时候满屋都能嗅到四溢的浓香，砂锅还在咕嘟咕嘟地煮着，我就已馋得流下口水。

现在，家乡的砂锅豆腐，作为地方特色菜传到了城里的大酒店，变成一道佳肴。尽管有时我也约几个朋友去店里点个砂锅豆腐，但怎么也吃不出小时候母亲做的味道。

眼看年关越来越近了，年的味道越来越浓，童年的往事历历在目。我更加向往母亲做的砂锅豆腐，向往童年过年的乐趣，思念已故去的父亲。如果时间能倒流、岁月能冰封，我愿回到过去，再去品尝那段艰苦岁月中过年的乐趣。那时尽管物资匮乏，生活艰苦，但开心快乐。

拜年

腊八节刚过,又迎来了二十三"祭灶神"的日子,距离过年只剩七八天了,街上的年味也越来越浓。每当这个时候,我便想起小时候的年。

过年是我童年记忆中最幸福快乐的事儿。进入腊月,我就掰着指头算着盼着年能早点到来。那时候只有过年才能穿上新衣服、放鞭炮、吃上好吃的。到舅家姑家去拜年,还能挣三角五角的压岁钱。尽管是几角钱,我也会像捡到了宝一样地高兴,梦中都在偷着咯咯地笑。

正月初一早晨吃过饺子,小孩子开始给大人拜年。先给爷爷奶奶磕头,后给父母磕头,祝福他们身体健康。大人会给孩子发几角压岁钱,祝福孩子快乐成长。爷爷、奶奶在我出生前就去世了,所以就只给父亲、母亲磕头拜年。给父亲、母亲磕头时,我总是缠着要先来,哥哥只好让着,但我磕头的姿势很难看，总引得一家人哈哈大笑。

小时候，家里穷，父亲给我们的压岁钱也不像其他人家那样三角五角的，哥哥和我每人都是一角钱。我知道父亲赶集时连一个五分钱的烧饼都舍不得吃，所以也觉得不少了。父亲给我发压岁钱时，总逗我说没有了，我会立马变脸，泪水在眼里打转。母亲看我要哭了，急忙说："过年哩，不要惹娃哭了。"父亲笑着把压岁钱给我，我立马又会多云转晴天。哥哥便会说："行哭哩，行笑哩，两个眼窝挤尿哩。"全家人又是一阵哈哈大笑。

第一次去姑姑家拜年，是那年的正月初四。头一天，父亲给我说："明天让哥哥去你姨家拜年，我带你去姑姑家拜年。"之前没去过姑姑家，只是听哥哥说姑姑家多么好多么美，听父亲说要带我去姑姑家拜年，我高兴得脸上像开了花，心里像喝了蜜，甜丝丝美滋滋的。

到了初四早晨，我早早地起床，穿好衣服，让母亲准备好去姑姑家拜年的花馍、果子，等着父亲发话出发。母亲给我们早早做了饭，吃完，太阳已悄悄爬上了东岭，父亲说："走喽，我们要去你姑姑家喽。"于是，我跟在父亲后面，蹦蹦跳跳地，迎着初升的太阳，出发了。

我是第一次走长路。开始还觉轻松，跟着父亲，一会儿前一会儿后，一会儿跑一会儿走。走着走着脚底便打了泡，父亲就陪我坐在路边歇歇。

走着走着，已到了中午，父亲说才走了一多半路程。我问父亲，姑姑家为啥这么远？父亲告诉我，姑姑也是苦命人，第一个丈夫在结婚那天被疯狗咬伤，染上狂犬病，没几天就去世了。后遇上现在的丈夫，觉得人老实可靠，才嫁这么远。

道路沿着河，河边有成片的高过人的芦苇，开着白白的、毛茸茸的芦花。大片的洁白的芦花像一场冬雪，如梦如幻。这样的美景令我沉浸其中，同时也不免感慨姑姑的身世，不知姑姑当年是否也从这样的梦幻美景前走过，心中是否也怀着一个美丽的梦想。

父亲的话打断了我的浮想："走吧，再走不动了，我就背你走。"

太阳快偏西的时候，终于到了姑姑家。姑姑家在村边的一个平台上，三间旧瓦房，院子不太大，门口有两棵白杨树，挺拔高耸。

姑姑从家里出来，表姐表弟都跟着出来，接我和父亲。姑姑把我抱起来，说："看我小侄子，又长高了。"

随姑姑进屋，我和父亲都坐到热炕上，表姐表弟也围坐过来。只见姑姑忙个不停，先端来核桃，又端来柿饼。表姐递给我一个又大又白的柿饼，说白的是糖霜，这是姑姑专门给我留的。柿饼吃在嘴里，糖霜入口即化，甜在了心里。

过了不大一会儿，姑姑又端来黄酒、醪糟泡果子，给父亲说："你和娃今儿一定饿坏了，先把这泡果子吃了压压饥。"我早就饿了，急忙从姑姑手中接过来，狼吞虎咽地几口就吃完了。第一次吃姑姑做的醪糟泡果子，香甜可口，心想姑姑家就是好，啥都新鲜，能吃上好多好吃的。

表弟比我小两岁，我俩虽然是第一次见面，但彼此都感觉很亲切。表弟看我放下碗，要我到院子和他一块儿玩。我和表弟一块儿"摔面包""摔三角"（纸叠的玩具），玩得正高兴时，姑姑又喊吃饭了。

回到屋里，看姑姑做了一桌子好吃的，别提心里多高兴。一会儿姑姑给我夹菜，一会儿表姐给我夹菜，都生怕把我饿着。姑姑看我吃好了，从棉袄包中掏出五角钱，对我说："姑还没给你发过压岁钱呢，从今年开始，姑每年都给你发。"说着把那五角钱递到我手上。父亲说："还不快给你姑姑磕头。"我急忙跪到姑姑面前，磕了头，把钱装进包里，又和表弟到院子玩去了。

这次到姑姑家拜年，看到的、吃到的，好多好多都是我人生的第一次，在我心里留下了深深的印记。长大以后，由于工作繁忙，单位离家又远，去姑姑家拜年就少了。

20世纪90年代末的一个冬天，姑姑得了病，我想去看看她老人家，再去给她拜个年。谁知刚到年关，天变脸了，阴沉沉的天空飘起了鹅毛大雪。尽管已修好了可以通车的路，但冰封路滑，车不好开。于是，我就把准备的礼物打成背包背上，手拄着拐杖，迎着满天飞舞的雪花，步行去姑姑家。身后的脚印不断被覆盖，但再大的雪也覆盖不了我对姑姑深深的思念。

姑姑没想到我能冒着大雪步行来拜年，激动得泪流满面。

再次喝到了多年没有喝过的姑姑亲自做的黄酒，吃到了多年没有吃过的姑家的年饭，依然还是小时候的味道，没有丝毫改变。

  人生短暂，不觉几十年过去，日子越来越好，但父亲走了，姑姑也走了，他们都到另一个世界过那边的年了。我也到了接受儿女们、孙辈们拜年的年龄。尽管现在的拜年形式和过去不同了，也不磕头，但给孙辈们发个大红包，和儿女们、孙辈们吃顿团圆饭，接受他们的祝福，倒也是件很美好的事。

童年记忆中的过年

在我的童年记忆里,过年的情景就像一幅水墨画,苍凉而又柔美。对小孩子来说,尽管过年是最盼望的事儿,但在那时,更多的是年的艰辛。

20世纪60年代末,我还不到十岁。那时候,对于大多数农村家庭来说,过年就如过关,常常因缺粮缺钱的事儿犯愁,所以,大家往往把年叫作年关。当时农村流传着一首民谣:"过年好,过年好,过年能穿新棉袄;过年难,过年难,过年愁死庄稼汉。"

有一年,眼看就到年关了,有的人家,孩子早已穿上新"毛窝窝"(棉鞋)、新棉袄;有的人家,早早地买回了肉、鞭炮、灯笼、香裱;有的人家,已开始蒸白馍、做豆腐、上油锅。小山村的上空已开始弥漫年的味道。

但我们家就像三九天的石头,冰凉冰凉的,冰锅冷灶,杂面、窝头也很难吃饱，几乎到了揭不开锅的境地。过年本应是喜庆的事儿，但对于母亲倒像一块沉甸甸的大石头，压在肩上，压得喘不过气来，常常看到母亲在昏暗的煤油灯光下悄悄地流下苦涩的泪水。

正当母亲为过年发愁的时候，姨妈从二十多公里外的家里专门送来年货——大米、猪肉、粉条、糖果。母亲激动得流下热泪，和姨妈抱在一块儿久久说不出话来。姨妈给母亲说："我知道你和娃娃的日子艰难，不说大人，娃娃心里没有一点年的气氛，这年可咋过哩。"

我直瞪瞪地看着姨妈送来的银丝一样的粉条，珍珠一样的大米，还有那裹着彩纸的水果糖，馋得直流口水。姨妈看到，赶忙给我取了两颗糖。我把一颗含在嘴里，另一颗藏在裤兜里，高兴得像只小燕子，飞一样地向门外奔去。

在我的记忆中，家里一直不富裕，常常受到姨家、舅家的接济。过年常常是姨家送来年货，舅家送来粮食，使我家也能像其他人家一样，过上一个能吃上白馍、吃上猪肉的新年。

有一年的三十晚上，母亲劝我："儿子，快点睡觉，保证明早让你穿上新衣服。"我半信半疑，在母亲的催促下上炕睡觉了。可盼着过年的兴奋萦绕在脑海，闭上眼也是半睡半醒迷迷糊糊。半夜醒来，看见母亲还在油灯下一针一线地缝衣服。我看母亲脸上带着倦意，起来倒了半碗水递到母亲手上，母亲微笑着说："快睡去，再过会儿就好了。"

黎明时分，我被小山村贺年的第一声鞭炮声惊醒，一骨碌爬起来，看见母亲已靠在炕头睡着了。我知道母亲应该是一晚上都没睡觉，刚刚才睡着的，希望她能多睡会儿。但我急着起床，慌里慌张的，不小心把母亲惊醒了。母亲睁眼看到我，就说："儿子，你看，这是你的新衣裳、新鞋子。"

我急忙从母亲手上接过，看着疲惫的母亲，高兴着，也心酸着。母亲见我捧衣迟疑，便说："你先试试衣裳，这新鞋子还是前段时间你姨妈给你买的，长大后一定要记着姨妈对咱家的好。"我连连点头。

从那时起，我就一直把母亲的话放在心头，工作以后也经常去看望姨妈，姨妈当年的情也成了我一辈子报答不完的恩。

去年腊八节刚过，年关将至的时候，传来了姨妈病重的消息。不久，姨妈走完了她八十七岁的人生，我去送了老人家最后一程。物质的回报至此终结，留在心里的那份恩情永世难以还清。每到年关，我想起小时候过年的情景，就会深深地思念姨妈。

现在的社会越来越好，生活越来越富裕，但年味好像越来越淡，人与人之间好像也没那时候情长。童年时过年的趣味再也没有了。

家乡的大柏树

春天来了,朋友邀我去踏青,问我能否陪他去看"栖霞柏"。我欣然同意,因为"栖霞柏"就在我的家乡。一则可以回家看望老母亲,二则可以带他去观赏春天"栖霞柏"的英姿,一举两得。

"栖霞柏",就是页山大古柏,也称大柏树,生长在洛南县城东四十公里的柏安村安岭上,距我家不远。大柏树需五六个人才能合抱,当地人也说不清大柏树有多大岁数。

小时候,我经常和小伙伴把牛赶到大柏树的后坡上去放。安岭上的林草茂盛,牛在坡上自由自在地吃草,我和小伙伴在大柏树下玩弹球,玩"狼吃娃"(小时候玩的相当于下棋的游戏)。

原本大柏树没啥名气,山外面的人谁也不知道我的家乡有这么个大宝贝。前几年林业资源调查,开发旅游资源,大兴全域旅游,把大柏树列入了"古树保护名录"和旅游景观,称作"洛南八景"之一。大柏树才得以被世人所知,名气越来越大。

阳春三月的一个早晨,我陪朋友从州城出发,驱车前往我的家乡。经过一个多小时的车程,我们顺利来到了柏安村,见到久违的大柏树。

朋友见到大柏树,一下子惊呆了。尽管之前给他做过简单介绍,但他仍然被大柏树的磅礴气势所震撼。

"太厉害了,太壮观了!"朋友高兴地跳起来。我对朋友说:"名不虚传吧。"

家乡人为了保护大柏树,围绕树安装了汉白玉护栏,尽量减少人为的破坏。在树周围垫上了大约一米厚的黄土,以树为中心平整了一个不大的广场,方便来人参观。

在树朝南的正面立了一座汉白玉石碑,上书"页山大古柏"。尽管碑文表面有些斑驳,但能看清雕刻工整的字迹:"栖霞柏,又名页山大古柏,学名侧柏。树高23.1米,比黄帝陵轩辕柏高3.1米,胸围7.73米,比黄帝陵轩辕柏粗0.73米。冠径15米,占地近600平方米。树龄5000多年。"

我平时回家,根本没时间去看大柏树。这次见到,大柏树依然郁郁葱葱,傲视苍穹,似一个高大魁梧的巨人站在那里,数千年来和这里的日月为伴、青山为邻,风雨相随,年复一年,护佑着当地的百姓。

大柏树四季常青,郁郁葱葱。春天来临,鸟儿云集,此起彼落，生机盎然；到了冬季，雪花压掩着树冠，如翠玉中的霞光。神奇的是离地两米多高的枝丫分叉处，伸出两条短枝，左枝似龙头，右枝像龙尾，抬头望去，如蛟龙穿行于云雾，出没于绿波。在离龙头不远的右下侧有一碗口大的树瘤，形状似莲花，给大古柏又添一景，分外引人注目。大柏树的树身和分枝都有扭曲的纹理，这在黄帝陵轩辕柏和孔林大古柏上都是少见的。据传，古时候的一天晚上，有两个盗贼趁着黑夜去盗伐大柏树。他们锯到一半时，天空忽然刮来一股黄风，在大柏树下盘旋，吓得两人连滚带爬回到家里，一病不起，呜呼哀哉。大柏树被锯的伤口后来又恢复原状，只是从那时起，树上便有了扭曲的纹理，也是从那时起，大柏树就成了神树，再也没有人对大柏树心存贪念了。

大柏树生长在大秦岭的支脉安岭的半坡上，地理条件差，生长环境恶劣。但大柏树抗旱、抗寒、抗瘠薄，就像当地的老百姓一样，不怕艰苦，在恶劣的生存环境中顽强地生长，表现出昂扬的斗志。

大柏树有着非常发达的根系，在地下的世界里默默前行，通向山梁，通向沟渠，通向柏安村老百姓的院落，吸收水分和营养。大柏树像神一样护佑着老百姓，也得到了老百姓的保护。大柏树耐得住寂寞，清心寡欲，没有贪念，宁愿孤守生养自己的青山厚土一辈子，也不愿搬家移栽到灯红酒绿的城市。

愿家乡的大柏树万古长青。愿家乡的老百姓生活幸福，吉祥安康。

山桃花

　　我爱春天，我爱家乡春天的山桃花。

　　春天来了，春风牵着山桃花的小手，拉着垂柳鹅黄的衣角，轻盈地走来。春雨悄悄地下着，田野里铺天盖地的毛茸茸的绿芽儿，笑看春天的姹紫嫣红，嗅着山桃花淡淡的清香。

　　我的家乡是秦岭南坡一个偏僻的小山村，背靠大山，面临小河。山顶上遍布郁郁葱葱的油松，山脚沟坎里都是核桃树，山坡上则长满了山桃。每当春天来临，高山上冰雪融化，小河中的溪水慢慢地涨起来，坡上的桃花也就开了。花瓣会飘落河中，像载着花仙子的小船，游游荡荡地随水而下。蜜蜂会嗅着桃花的清香一路歌唱，款款而来，和蝴蝶，和山村的小孩子欢快地载歌载舞，欣赏山桃花盛开时的美景。

　　小时候，喜欢在桃园里玩过家家。放学后，三五个小孩子，来到桃园里，站在桃花丛中，把书本卷起来当相机，互相拍照。

男生拍照时多扮鬼脸，逗得女生哈哈大笑。有时候也会摘一朵桃花插在女生的头上，女生扮新娘，男生扮新郎，欢欢喜喜地唱着革命歌曲，玩结婚的游戏。

桃花盛开的季节，乍暖还寒，有时会遇上晚霜，那算是桃花最倒霉的事了。记得有一年正是桃花盛开的时候，晚上气温骤降，下了场霜，妖娆的桃花一下子耷拉下脑袋，红红的笑脸也铁青了。为了防止早春霜冻，大人们常常会在晴朗的夜晚，用柴草在桃园里点上火堆，明火熄灭后，一股股烟雾袅袅升腾，整个桃园就温暖了。

小时候，我问过父亲："山坡上为什么长了那么多山桃花？"父亲说，上世纪60年代中期，国家号召植树造林，运来了大量的油松、核桃、桃树种子。老队长背上干粮，挽起裤腿，步行八十多里，到县林业局请来了林业技术员现场指导。老队长和技术员商量规划后，把油松点种在半山腰以上，在坡脚点种大量的桃树，沟渠坡坎种了核桃树。在老队长的带领下，经过多年的悉心抚育，油松长起来了，山头慢慢地绿了；核桃树长大挂果了，成了老百姓的摇钱树；桃树长大了，但结的桃子不是老百姓期望的又红又大的品种，而是长满绒毛的野山桃。原来上面发的桃树种因卖种的人捣了鬼，被换成了用来赏花的野山桃。野山桃结的果子没有人吃，成熟后自然掉落或被山雀当作美食。多年过去，山桃树越来越多，每到桃花盛开的季节，满山遍野的山桃花，分外好看。慢慢地，山桃树也适应了当地的气候，不管多么干旱，多么严寒，年年花繁叶茂，成了当地一道美丽的风景。

长大以后，我到外地读书、工作，远离了家乡，但始终忘不了家乡的山桃花。现在工作的城市，丹江两岸垂柳依依，婀娜多姿，龟山、金凤山到处有樱花、桃花、梨花，整个鹤城到春天就是花的世界、花的海洋。也许到了怀旧的年龄，家乡的山桃花时常浮现在我的眼前。过去从事节能工作的时候，每天晚上十二点我还站在阳台看马路上的灯，心想这一夜浪费的电量，足够一个镇的贫困户一年的照明。后来从事环保工作，每天清晨起来的第一件事，便是站在阳台看对面龟山是否被雾笼罩。有天清晨，我习惯性地看着对面的山，突然发现山坡上有一大片桃花。先是隐隐约约的红，看着看着，越来越红了，面积越来越大了，一面坡、一座山全是红通通的山桃花，好像披上了彩云。我急忙拿来相机，架在窗台，拉长镜头调好焦距，咔嚓咔嚓地拍了起来。我的镜头里满是娇艳的山桃花，好像一个个亭亭玉立的美少女，在春风里翩跹袅娜。我仿佛回到了家乡的桃园里⋯⋯

一天，突然接到家里的电话，母亲说家乡的山林发生了火灾，火是隔壁的张老汉烧地畔子引起的。老队长在扑火过程中跌倒，突发脑溢血。我知道山上的林子是老队长的命根子，几十年来，老队长守护着山顶上的油松林，守护着山坡上的山桃花，为村上的造林绿化操碎了心。年轻的时候，他亲自带领群众，上山造林，使原本光秃秃的荒山换上了新绿装。那年家乡响应县林业局的号召，第一个开展林权折股联营改革试点工作，树立了全国林业管护改革的典范，受到了当时国家领导人的肯定。后来，老队长年龄大了，义务当了村上的护林员，碰到毁林行为，都会第一个站出来制止。群众也送了老队长一个亲切的称呼——"老林头"，意指老队长就是村里山岭上森林的"将军"。那几十万棵树木就是老队长的兵，将军当然爱护自己的士兵了。

接到老队长跌伤的电话，我决定回去看看，不只是因为老队长亲自带领群众绿化了山头，种植了满山的山桃，更是因为老队长为人正派、热情、乐于助人、干事有韧劲，像山上青松一样坚毅，也像山桃花一样纯洁。抽空回到村上，赶到老队长的家里，看到屋里屋外挤满了看望的群众。老队长的大儿子看我回来了，忙把我让到床前。老队长闭着双眼，脸上平静慈祥，但气若游丝，说话断断续续，只能听到微弱的话音。我握着老队长的手，他似乎意识到我回来了，手轻轻地动了一下。突然，他的呼吸有点急促，嘴唇在颤动。老队长的大儿子急忙俯身，把耳朵贴在他的嘴上一阵，然后转述老队长的叮嘱："一定要恢复被烧毁的山桃花。"这是老队长的最后一句话，说完安详地走了，永远地走了。

到了秋天，为了完成老队长的遗愿，老队长的儿子组织群众到被烧过的山坡上重新造林。当大家扛上镢头，来到山上准备重新挖坑植树时，发现被烧的山桃树活过来了，而且都已从根上重新长起来一米多高的枝条。大伙儿高兴地说，这是老队长的神灵在佑护着我们这座山长青不老。真是应了那句古诗："野火烧不尽，春风吹又生。"

  转眼，又是一年桃花开。我接到了老队长儿子的电话，说今年村上要举办"山桃花节"，邀请我作为嘉宾代表，为这次活动助兴。我深感荣幸，满口答应。

三粒蓖麻

近日，朋友给儿子举办婚礼，我前往贺喜。席间邻座的客人问我："不知这宴席一桌多少钱？"我不清楚，无言以对。他又说："现在这婚宴，真吃不了多少，太浪费了。"我想朋友倒不是想摆阔，也是真心想让客人吃好喝好，大喜之日尽地主之谊。但客人的话没错，现在舌尖浪费的确惊人。曾经那个没饭吃的年代，离今天其实并不遥远。

上世纪70年代初，我也就十来岁，整天盼着过年，盼着能跟大人一块儿去走亲访友，为的是能吃上肉，吃上白馍。那时候举办婚礼，不像现在在饭店摆上几十桌大招待，还要配上奔驰宝马讲排场。那时候多是在家里吃顿烩菜，时而也有桌席，但菜刚端上来就被消灭了。有时还没等端菜的人转过身，你一筷子我一筷子就夹完了，真是痛快的"光盘行动"。

那时候，年年缺口粮，特别是春季，青黄不接，多数人要靠国家返销粮救济渡过难关。那时候能吃上油炒菜是奢侈的事,除非家里来了客人或是驻村工作组来家里吃饭才舍得。

食用油主要靠自家种植蓖麻。蓖麻身材高大,枝叶茂盛,适应性强,果仁大,产量高。但那时,老天总是年年大旱,蓖麻的收成也不够好,一年到头还是缺油吃。

有一年,刚到麦黄季节,麦子还没成熟,正是口粮短缺的时候。小时候吃饭都喜欢端碗串门,或是坐在门前的碾盘子上和邻居们一起吃,大家有说有笑热热闹闹。我看到二狗端着一碗葱花油面片,馋得直流口水。母亲从地里回来,刚进门,我就说:"人家二狗家都吃葱花面片,油乎乎的,香得很。"

母亲知道家里好长时间没见过油星星了,答应我:"咱今天也改善一下,正好你父亲也回来了。"我心里说不出有多高兴,兴奋得走路都要蹦起来。母亲叫上我一块儿到渠畔的自留地里刨了洋芋,对我说:"你来刮洋芋,我去和面。"

说话间,父亲回来了,看见我在刮洋芋,笑着说:"今天要吃新洋芋了。"母亲听见父亲的说话声,对父亲说:"你回来正好,娃想吃葱花洋芋面片了,你去把蓖麻端出来剥几粒,一会儿炒葱花洋芋用。"

父亲到里间的屋子找了好大一会儿,出来对母亲说:"没找见哪里放着蓖麻。"母亲说:"你几天不在家,连个蓖麻也找不着了。"父亲又到里屋去端了个白花大老碗出来,问母亲:"是不是这个大老碗?这个碗是空的啊!"母亲说:"就是这个碗,我记还有一把么,咋不见了呢?"

父亲说:"你忘了上次下河姨来,走时你给抓了一把么?"母亲记起来了,无奈地说:"屋里早没一滴油了,又没了蓖麻,今天这饭倒咋做啊?"

父亲对母亲说:"你不要着急,我去邻居二狗家,他家肯定有,前几天我还见他晒过蓖麻。"

那时候邻居间经常借盐、借面。母亲说:"那你快去看吧,娃还等着吃饭呢。"父亲拿了个小碗,快步走出院子。不大一会儿,父亲拿着空碗回来说:"二狗他爸说为给三狗看病,上个星期天刚把蓖麻换钱了。"

母亲说:"让我再看看。"又回到里屋去找。

"找到了!找到了!"母亲在放蓖麻的柜子上捡到了三粒蓖麻,高兴地攥在手心,舍不得放开,只怕飞了似的。

母亲把那三粒蓖麻放在案板上,用刀背轻轻地敲破,麻利地去壳,取出蓖麻仁,乳白色的,就像晶莹的小珍珠。母亲先在锅灶下生了火,把蓖麻仁放在锅里烘热,用瓷碗的背面把蓖麻仁压成碎末,在锅里再转压两下,蓖麻油就压挤出来,冒出一股浓浓的香气,弥漫在整个屋里。随之,把提前切好的葱花、花椒、辣椒放进锅里炒一下,浓浓的葱香味就出来了。

我问母亲,要我帮忙拉风箱烧火吗?母亲让我出去玩,等会儿饭就好了。我来到门外,看父亲正佝偻着身子磨镰刀。父亲给我说,过几天就要收割麦子了,全靠这两把镰刀。

"饭好了,快回来吃饭。"母亲在屋里喊我和父亲。我骄傲地端上饭碗,来到门外的碾子上,一边吃饭,一边和小伙伴聊天。那顿饭吃得很香很香！

宴席快要散了，朋友过来敬酒。我说平常不喝酒的，朋友说："喜酒，喝一杯吧！"碍于朋友的面子，我干了一杯。朋友劝大家吃好喝好。朋友走后，邻座的客人叫服务员拿来塑料袋，把鱼肉、牛肉、鸡肉都打了包，唯有猪肉还留在那儿，说他家那两只小花猫和小狗，是不吃猪肉的。我想现在就连小猫小狗生活水平也提高了。他问我养猫没有，我说没养猫也没养狗。但我实在是看那个红烧肘子放那儿可惜，也向服务员要了个塑料袋，把肘子也打了个包。光盘行动，从我做起吧！

在回家的公交车上，我的心一直不能平静，宴会上铺张的情形一直在脑海里萦绕。席面上剩下的大鱼大肉，忽然变成了一头猪，几头牛，几只鸡，一群羊，变成了动物园。动物们聚集起来，窃窃私语，说人类疯了，要找人类算账去。我忽然看到一个挂着"动物法院"牌匾的地方，有个从没见过的动物，似狼似狗的，跑那儿去告状，说是生态环境越来越差，耕地越来越少，为什么耕地上不种蓖麻了，不种大豆了，不种玉米了，不种小麦了？该种的都不种，倒是专门种起了楼房，种了石头，种起了钢筋水泥。真正哪一天海上掀起大浪，或遭遇几年大旱，人类是不是要喝西北风了？那时真的连三粒蓖麻也找不到了。

恍惚中，我听到咣当一声，法官仲裁："动物胜诉。"法官的声音很高很高，把我惊醒，我才知我在车上睡着了，做了个梦。

烧肉

年关到了，家乡户户都要买带膘的肥肉。家乡过年做蒸碗、吃火锅、砂锅都离不了肥肉，且最好是过了油的，也就是常说的"烧肉"。

小时候，过年吃肉算是奢侈的事。我家里穷，能吃上白馍、豆腐都不容易，割肉就更是奢望，常常是姨家接济，年跟前买点肉和年货送来。父亲主外不主内，打小就不摸锅台子，一辈子都是母亲做好饭递到手上。烧肉自然是母亲的事了。

20世纪80年代初，农村实行土地联产承包责任制，真正解决了老百姓的吃饭问题。不愁没粮、没油了，过年基本上有钱买肉吃了。

我参加工作的第四个年头，是在一个基层林场上班。林场有大片肥沃的土地，有果园、菜园，有养猪场，职工灶上除过米面是粮店定量供应外，菜和肉基本上自给自足。每到过年，职工每人还能分到十来斤猪肉，而且都是那时候最喜欢的肥肉。从那年开始，我也学着大人的样子烧肉。

春节放假前，我去请教职工灶的王师傅，王师傅讲："烧肉其实很简单的，不需什么技术，但还是有几个关键点要把握好。首先要选好肉，膘要适中，最好用肋间的起骨肉，不用头肉和腿肉，肉方不要切得太大；再要用好糖，一般用红糖，其次是白糖，蜂蜜当然最好，刚煮熟的肉淋水后在肉皮上抹糖；最要紧的是要把握住油温，不能太高太低，高了肉皮会烧焦，低了上不了色。烧得最好的肉，色红色正，皮上有泡，不焦不柴，吃着肥而不腻。"我耐心地听了王师傅讲的要领，关键的环节用纸笔记了下来。

回到家，我照着王师傅说的方法第一次试做，才真正理解了理论就是理论，只有通过实践摸索才能上升为理性认识。原以为烧肉就是个简单的事，试做后才知，的确不是那么容易的。我等肉煮熟后，先捞出一块，在肉皮上抹了糖——我专门为了烧肉到供销社买了红糖，那时还实行凭票供应，每人最多只能买二斤糖。我把抹过糖的肉，用叉子叉住放进烧好的油锅中。突然，噼里啪啦，油花四溅，溅到了我的身上、手上和脸上。我哇地大叫一声，蹦了起来，顿时不知所措。幸好母亲看见了，赶忙把油锅盖上，肉在油锅里嗞嗞地响。过了会儿不响了，我急忙揭开锅盖——啊，我烧的肉怎么糊了，焦黑了，而且油几乎只剩了一半？第一次烧肉就这样失败了。

第一次失败的经历，反倒奠定了成功的基础。过后我问母亲，说是从肉锅中捞出的肉，水还没淋干，不能直接下油锅，水到滚烫的油中就会溅起油花。我便想起了初中化学实验课上讲到：只能把浓酸倒进水中稀释，而不能把水倒进浓酸里，否则会浓酸四溅而发生事故。或许这是一样的道理。

第二次烧肉，我更加小心，终于成功了。尽管不像王师傅说的那么颜色纯正，但还算好。我很高兴，母亲也夸我，说以后过年烧肉的事就交给我了。

那时候，改革开放才刚开始，经济还较困难，物质也不丰富，不像现在，要什么就能买到什么。那时候，啥东西都凭票，买粮要粮票、买糖要糖票、买布要布票……反正什么都限量供应。有一年，没有买到糖，烧肉没糖怎么办？我问母亲，母亲说有人用火罐柿子烧肉，让我试试。我急忙从灶台上取个大碗，到门前的柿子架上，拾回了又软又红的火罐柿子。没想到这一年用柿子代替红糖烧的肉，颜色更纯正。

我学会烧肉的事在村上传开来，村上谁家过事，只要我在家，基本上都要参加，帮忙承担烧肉这活儿。

后来工作调动，单位离家越来越远，在单位过年多，就很少烧肉了。这些年，政策越来越好，社会经济发展更是日新月异，物产丰富，生活富裕。但随处可见可听到，糖尿病人多了，血脂高、血压高、血糖高的人多了。对肥肉的需求少了，便更少了烧肉的机会。闲了的时候，倒是常常怀念在林场工作的那段日子，天天上山看风景，天天和树打交道，人和树有了感情，哪怕是折根树枝也舍不得。那时的人很单纯，对物质没有多少欲望，每年有单位自产的几斤粉条、十来斤猪肉，就能过一个好年。

去年，我回家乡参加一个亲戚儿子的婚礼，宴席上吃到了蒸碗肉，是用烧肉做的。颜色倒是不错，但就是吃不出那个年代烧肉的味道。后来我才知道，过去养的猪不吃饲料添加剂，吃的是天然无污染的草，喝的是天然无污染的山泉水，一头原生态黑猪养一年才出栏；而现在养的猪，吃了饲料添加剂，四个月就能出栏，全靠生长素催长，难怪肉的味道变了。

我有时在想，现在吃肥肉的人越来越少，年轻人都在减肥，女人不吃肥肉了，男人也吃得少了，烧肉的手艺会不会失传？哪怕老百姓养原生态的猪，给猪吃没有污染的草料，烧肉的人是否还能耐住性子，会不会走心，能否把握住油锅的火候？我还真有些担心。

父亲的锄头

前些天回家乡，去看小时候住过的老房子。当我踏进院子的一刹那，仿佛看到了父亲，提着他常在手中的那把锄头，好像正要去地里干活。父亲看见我，高兴地笑了。我知道父亲一向不善言语，正准备上前问候时，父亲提着锄把，对着院子里那块带着岁月沧桑的大石头，咣当咣当地敲了两下，转身不见了。

我顺手从地上捡了根树枝，左右开弓，扫掉了罩在屋门上的蜘蛛网。

老房子快三十年没住人了，父亲也走了二十多年了。父亲在世时还经常来老院子，那时候养着牛，牛圈在这里，父亲常常要经管牛的。

房子长时间不住人，门也有些生锈了。我用力推开门，家里的摆设还是父亲在世时的样子：那个土炕，那个旧桌子，那个摆放老先人神龛的条几。门背后靠着那把锄头，锄头是父亲在世时最喜欢的，我拿起来，看了看，又抡起来试了试。我决定，要带走父亲在世时喜欢的这把锄头，以后走到哪里，就让锄头跟我到哪里。

锄头是普通的，但它算是我家里的一件传承之物。小时候，听父亲讲，锄头是爷爷传下来的，也不知是不是爷爷的爷爷传下来的。父亲说他小时候锄板子就已经磨钝了，主要是因为家乡的土质条件太差，耕地中的石子特别多，锄头就磨得快。多亏老舅家是世传的铁匠，爷爷就把用钝的锄头拿到老舅家，让老舅把锄板子重新接了半截，看起来又是一个新锄头。

那次，锄板子拿回来了，却不见了锄把。爷爷说那个锄把在老舅家的台阶上放着，有天下雨后，由于道路泥泞，有人把那个锄把当作没用的木棍，顺手拄走了。老舅和舅奶因锄把的事吵了起来，爷爷说："你俩也不要吵了，不就一个锄把么，回去到房后坡上再砍个不就行了。那就是个锄把，不管放到谁家，能当个拐棍拄也好。"

听父亲说，有天早晨，爷爷让他去房后坡的自留山上砍一个锄把回来。父亲按照爷爷的吩咐，拿着斧头，到房后坡上，看到自家的坡上全是槐树、山桃树。父亲心想，人说槐树是鬼树，身上长刺，怎么也刮不光，做锄把不合适；山桃树尽管木质比较坚硬，但很少能找到一根通直的，做锄把也不合适。怎么办？这时，父亲看到张大爷的自留山长了几棵松树，正好锄把粗，通直，且松树耐寒、耐瘠薄，因而材质好，又是树中之王，凡人对松树均有几分敬重之意。于是，父亲到张大爷的坡上砍了一株能做锄把的松树，高高兴兴地拖回家。

父亲回来后，爷爷问："咱自留坡上没有松树，你从哪里砍的？"其实父亲是没有准备给爷爷说的，心想不管谁家不就一棵小树嘛，没想到爷爷这么细心。被爷爷这么一问，父亲就一五一十地坦白了砍树时的想法。

爷爷一向做事认真严谨，看到拖回来的小松树，先是训了父亲一番，批评父亲没给张大爷打招呼就砍了人家的树，这个行为相当于偷，说着便拉起父亲要去给隔壁张大爷道歉。父亲心里感到有些委屈，但还是乖乖地陪爷爷去了。

张大爷看到爷爷拉着父亲来到门上，说明事由，也很客气："不就一棵小树嘛，都是邻家本舍的，以后用得着了尽管砍就是。"

张大爷不是小心眼的人，这话也是爷爷料到的。听了张大爷的话，爷爷说道："理倒是这个理，娃们都还小，我主要是给娃们讲做人做事的道理，凡事都要有个规矩，可不能随便来的。"听了爷爷的话，张大爷和父亲都笑了。

经过这件事，父亲也传承了爷爷本分做人和认真做事的处世态度。

爷爷用父亲砍回来的小松树做了个锄把，安在老舅以旧煅新的那个锄板子上，对父亲说："你现在也长大了，以后这把锄头就是你的了。"

父亲接过锄头，在地上比划着，觉得接过的不仅是把锄头，更是爷爷对他的期望，是劳动家庭的代代传承。

记忆里，父亲很少离开他那把锄头，天天扛着锄头，把细小的麦芽儿锄成了沉甸甸、黄澄澄的麦穗儿；把幼小的玉米苗、大豆苗、土豆苗锄成了一年年的丰收。

我长大以后，也跟着父亲去地里干活，学着父亲的样子锄地、挖地、种麦子、播苞谷、种洋芋，庄稼地里的活儿样样都学都干。

有一年夏天，应该是到了三伏天，太阳火辣辣的，好多天没下雨了。大中午，苞谷叶儿已拧成了绳。父亲对我说："咱应该锄第二遍苞谷了。这样的天锄地正好能除草，还能抗旱，人常说锄头下面有水哩。"

我跟着父亲来到了苞谷地，不大一会儿，脸上身上都被苞谷叶划得起了红印，汗直往外冒。父亲的脸上也满是豆大的汗珠，直往下流。但他好像一点也不觉得热，锄锄落地有声，一板一眼地锄得起劲，把我远远抛在了后头。父亲看我实在热得受不了，便让我到树下歇会儿，锄完他那几行苞谷又回过头来帮我锄。

父亲看了看我锄过的地，说："锄地主要是为了除草，一定要把草根斩断，同时要给苞谷培土，培上土就能防倒伏。你现在还小，刚学着做庄稼活儿，庄稼活儿看着粗，其实也细。开始不适应，一定要耐住性子，吃得了苦，慢慢就好了。"

父亲是个粗笨的人，但说的话都是经验之谈。"锄地能抗旱，锄头下面有水"，后来我在中专的教材《土壤肥料与管理》里找到了这句话的理论依据：锄地后切断了土壤水分蒸发的通道，所以能抗旱保墒。

有一次和父亲一块儿锄地，父亲不紧不慢地锄着，把地里的小石头一个个捡起来扔到地边的埂上，把大土块打碎整平，干活一丝不苟。那时候，我人小力气小，地挖不深，也没耐心捡地里的小石头，做过的活毛里毛糙。父亲回过来用他那把锄头，把我锄过的地再重新整理一遍，并说："你现在力气小，可以做慢点。像锄地这活，要锄到活土层，把小石子捡净。你把功夫下到了，地里就会长出好庄稼。"

参加工作后，回家少了，到地里做活也少了。每次回家，总能看到父亲举着那把锄头在地里劳作。

记得那年麦忙，老天下了半月连阴雨，成熟的麦子在地里长了芽，我就回家帮忙收麦。父亲说，麦忙前他把那把锄头拿到舅家去，回炉接了锄板子，又煅成了一个新锄头，锄把还是那个锄把。我从门背后拿起那把熟悉的锄头，看到新接的锄板，心想那么长的锄板子都被磨完，父亲也不知流了多少汗。父亲慢慢老了，但还是扛上锄头，日日劳作，要不是我参加工作，该是我开始背上锄头挑日头了。

站在老屋好久好久，一直回忆父亲在世时与那把锄头的过往时光。突然，楼上有老鼠跑过，打断了我的思绪。

我提起锄头扛在肩上，走出老屋。

母亲的织布机

母亲的织布机，躺在我家老房子的楼上几十年了。

前日回家，母亲说家乡经常有上门收购旧家具、旧农具的人，估计咱家那织布机，灰头土脸，早被虫食鼠咬得快散架了，若再有上门收购的人，干脆送给人家算了。我问母亲怎么突然想起了织布机的事。母亲说，咱村上这些年，年轻人都出去打工了，小孩子都去城里读书了，留下的都是些老人；再说，这些年家家都盖了新房，老房子都荒废了，拆还不是迟早的事；你说房都拆了，那织布机还能留下吗？不如送给人家放在民俗馆，还能留个念想。母亲的话倒让我顿悟，一定是母亲念起了她的织布机。在母亲的心里，怎么舍得随便将织布机当作没用的东西丢弃呢？

在我的记忆里，母亲的织布机就像家里的一口人，在那个年代是大功臣，在母亲的心里就是一个大宝贝。

听母亲讲,那一年,我还小,哥哥姐姐也刚上小学,家里穷,吃了上顿没下顿的,穿的也是补丁摞补丁。眼看着入冬还穿不上棉袄,母亲急得晚上睡不着。于是就和父亲商量,下决心做一台织布机,省得年年冬夏发愁没衣穿。

家门前有棵老榆树,有一抱粗,也说不清有多大的年龄。树老了,不好好结榆钱儿,正好成了父亲选中做织布机的材料。母亲说榆树好,树上长"榆钱"也是个吉利,做成了织布机,说不定给家里带来好运气。父亲请来了上河村手艺最好的张木匠,帮忙把那棵榆树伐了,解成了厚厚的板子,做成了家里最值钱的工具。织布机从此也成了母亲的心爱之物。

自从有了那台织布机,父亲就年年种棉花。我对棉花的认知,也是从小时候随母亲在棉花地里锄草开始的。棉花的花有粉红的、粉白的,如酒盏大小,形似木荆花。棉花的株型如树冠,核桃大的青果有甜甜的味道。

棉虫是最常见的虫害。父亲从锅灶里掏些草木灰盛在笼里,提上笼从地这头筛到那头,不几天就将棉虫解决了。那时候防虫不用农药,不会对环境造成污染,生产的棉花也无公害。

到了棉花收获的季节,我会随母亲一块儿到地里拾棉花。棉花的收获期很长,从秋季开始,等棉株上最后一茬摘完也就入冬了。

晒棉花是最好玩的事。母亲把七八张芦席一起铺在大场上,一席一席的棉花如一片一片洁白的云朵。我喜欢躺在铺满棉花的席子上，人就像躺在云朵间的一片树叶，安静地享受秋天的风和阳光。

那时候农业社记工分，白天没有时间，只能在雨雪天或晚上纺线织布。母亲把雪白的棉花摊在芦席上，右手拿一根一米多长的木条子使劲地拍打，左手不停地翻着，就这样把棉花弹蓬松。棉花弹好后用一根指头粗、二十公分长的木棍缠上，放在木板上轻轻滚一下就成一根"捻子"了。纺线是母亲的拿手戏，随着纺车嗡嗡地旋转，母亲左手中高高扬起的"捻子"里，如变戏法一样抽出一根细细的线，缠绕在锭子上。

数九寒天，世界白雪皑皑，地上冻了，农田基建停了，母亲反倒最高兴——终于可以好好地织布了。一家人冬夏的衣料，全靠母亲在织布机上完成。每天不等天亮，母亲就坐在织布机上，梭子像鱼儿一样来回在母亲的左右手上游来游去，母亲的身体也随着咣咣的织布声前后移动。母亲的手很巧，会用不同颜色的经纬线，织成不同的格子布，有时也会用扎染的方法把所织的白布染上黑底白花的图案。

母亲往往在织布机前一坐就是一天，从早坐到晚。那时候照明主要靠煤油灯，一斤煤油三角七分钱，起码顶两天的工分值，母亲常常舍不得用，除非夜黑得伸手不见五指。母亲娴熟的双手完全可以不用灯亮，照样不停地织着，不停地传出咔嚓咔嚓的织布声。有时，为了省点煤油钱，也会用漆树种子榨油做成蜡，插在祖上留下的灯台上，没有煤油灯亮，屋里还会飘出浓浓的漆蜡的味道。

到了20世纪80年代初,庄稼人遇到了国家的好政策,有了好心情,地里的庄稼也在风中在太阳下使劲地疯长。慢慢地不缺粮了,供销社里也有了各种各样的布匹衣服,物美价廉,吃穿不愁了。母亲再也不用点着油灯熬夜织布了,但织布机就像家里的一口人,还站在屋里的那个地方。母亲会像疼爱自己的儿女一样,每天摸摸织布机,看看织布机。时间长了,父亲给母亲说,现在日子好了,啥都能买到,还是把织布机放楼上去吧!母亲觉得父亲的话有道理,同意了父亲的提议。从此织布机就上了楼。这一上就好像进入了历史博物馆,再也没动过。

后来,家里在村边盖了新房,一家人都搬进了新家,母亲的织布机随着老房子留在了村中。

起初,母亲隔三岔五地去老房子看看,到楼上在织布机旁站会儿,抑或用毛巾擦擦上面落下的灰尘。后来,母亲的年龄越来越大,去老房子的次数越来越少。再后来,腿脚也不再那样灵便,去老房子也成了更加困难的事,更别说上楼了。但母亲从没停止对织布机的牵挂。如今,村上的房子越盖越好,但人却越来越少。母亲的织布机在老房子已四十多年,它也一定感到了孤独。唉,也怪我忙于工作,疏于回家。

前日,天气晴好,我把织布机搬到了母亲的住处,放在阳光下,让织布机沐浴着阳光,呼吸着新鲜的空气。母亲过来抚摸着织布机,脸上洋溢着微笑。

我想回家看娘

月亮显然有些累了，懒洋洋地躲在了黑云后面；星星也有些疲倦，不停地眨巴着眼睛。天气预报说今晚有雷阵雨，我急忙关好办公室窗户，把刚写好的"蓝天保卫战"工作方案装进公文包，关灯，打道回府。

街边的路灯灰头土脸地看着我，从那发黄的光晕可知PM_{10}有点高了。我脑子还想着明天要召开的"蓝天保卫战"动员会的事，为这个工作方案已熬了两个晚上。突然，听到街边歌厅传出了歌声："常回家看看，回家看看，哪怕给妈妈刷刷筷子洗洗碗……"这是陈红那年在春节晚会上唱的一首歌，唱出了游子思念家乡的心声。这首《常回家看看》突然打断了我的思绪，一下子带我回到家乡，回到常常梦中思念的娘身边。

娘已快九十岁了，吃了一辈子苦。前几年，娘的身板倒还硬朗，只是沧桑岁月在娘脸上留下了深深的皱褶，早已松动的几颗门牙也先后告别了娘。这几年病魔无情地缠绕着娘，医院检查发现娘患上了小脑萎缩症，从此，娘就再没离开过吡拉西坦、丹参片等几种治疗慢性病的常用药。

有一次回家看娘，发现娘突然不认识我了。我的心像针扎了一样痛，喉咙像被什么堵着似的难受，眼泪止不住地往下流。我自责平日忙于工作很少回家陪娘，意识到娘的病多年来没有好转，意识到娘是真的老了。我想尽可能抽更多的时间回家陪陪娘，但就像法国著名作家莫泊桑说的："生活永远不可能像你想象的那样好。"繁重的工作任务，常常压得人喘不过气来，想起娘我只有无奈和酸楚。我越来越担心，担心娘的病情继续发展；越来越害怕，害怕哪一天真的失去娘。

在我的记忆中，娘是非常能干的，也能吃苦。娘曾经是生产队的妇女主任，带领妇女在"移山改河"造田的"战役"中组成半边天突击队。她们披星戴月，战严寒，顶烈日，硬是靠铁锹、靠肩扛担挑、靠手推车，把门前那条流淌了千年的沙河裁弯取直，新造良田三百多亩，成为百户群众的养命田。

那时候，白天集体生产劳动是不许请假的，只能利用晚上时间磨面，解决一家人的吃饭问题。晚上磨面当然是娘的事，娘有时也会套上那头老黄牛熬到三更半夜。有时我都睡醒一觉了，娘还在月光下或在昏暗的油灯下，用分分秒秒的光阴，用辛劳的汗水，在那沧桑的石磨子上磨出一家人的生活与希望。

娘在村上算最年长、德高望重的老人。乡邻有疑惑的事总喜欢请娘指点，孩子有个风寒感冒什么的请娘在手指上捏一捏、掐一掐就好了，后来我才知道这是娘在苦涩的岁月里实践得来的掐穴疗法。

娘老了，但一辈子忙惯了的带着厚厚老茧的双手怎么也停不下来，拾草劈柴，喂鸡喂鸭，打扫院落，总是忙个不停。我每次回家看娘，看到屋前屋后的柴火码放得整整齐齐，都会对娘说，家里几口人，烧不了那么多，就不要整天辛苦劈柴了。娘总是笑着说，过日子细水长流，她还能干，哪天她真弄不了也没办法了。我挡不住娘，但心里总有说不出的滋味。

儿女就是娘身上掉下的肉，就是娘的手心手背。那时候缺吃少穿，娘省吃俭用，宁肯自己受冻受饿，都让儿女吃好穿好。就像屋檐下那只燕子，总是把捉到的虫子第一个送到嗷嗷待哺的小燕子口中。

小时候，家里穷得叮当响，两样生活必需品食盐和煤油，就靠那几只老母鸡天天立功了。有一天，娘让我去鸡窝里收鸡蛋，我不小心打破了一个，顿时心中窃喜，这下可以吃上油煎鸡蛋了。娘也是看准了我的心思，在灶门上点一把毛毛柴，用个小铁勺，一会儿就把鸡蛋煎好了。那个香啊！一下就飘满了屋子。娘问，好吃吗？我说很香很好吃。我让娘尝尝，娘说她对鸡蛋过敏。我不只吃完了鸡蛋，就连小铁勺都舔了好几遍，那个味道，是娘的味道，是一生中最难忘的味道。

还有一次，我感冒了，对娘说我想吃肉。那时候不过年不过节的，哪能吃上肉，不只没有钱，农村也没卖的。但那时年龄小不懂事，就给娘又哭又闹的。娘很无奈，几次把手举起来想打我，又轻轻地落在我的头上。娘的眼睛湿了，背过我悄悄地流下了辛酸的泪水。我看到娘流泪了，也变得乖巧了，不再哭闹。

到了第二天，娘还是让父亲步行到离家二十里开外的街道上割回了二斤肉，娘用那点肉炖了半锅萝卜片，那个星期顿顿有肉吃。娘看我头也不抬吃得很香，脸上也绽放着开心的笑。娘总是把她碗中少有的肉星星，夹到我的碗里，给我说她吃肉也过敏，说我长身体，一定要多吃点。

后来，生活好了，我才知道娘说她吃鸡蛋、吃肉过敏，就是为了能给我多吃点。

长大后，我去外地读书，到外地工作。离娘远了，想娘的时候，就回家看娘。儿子在娘的眼里，永远都是长不大的孩子。每次回家，娘总是问冷问热，让吃让喝，添饭加菜。还像我小时候一样，总是给我无微不至的关怀。慢慢地才体会到了，娘在哪儿，哪儿便是家，哪儿便是我最开心快乐的地方。

人生短暂，光阴似箭。一晃几十年过去了，我也快到了耳顺之年，也有了孙辈。我很庆幸娘尚在，她虽年老体衰，但无大碍，这是娘的福分，也是我们做儿女的福分。

遇节假日，我常携妻带子回家看娘，一家人，四世同堂，欢欢喜喜，又说又笑，其乐融融。左邻右舍会来拉拉家常，就连那小鸟儿也前来凑热闹，门前的竹园里、树林里鸟儿叽叽喳喳地歌唱。

　　每次离开家，心里尽管是踏实了，但晚上还是多了一分牵挂。娘真的老了，到了老小孩的年龄，更需要儿子的孝敬。尽管娘身边有孝顺的弟媳妇和我姐姐、妹妹贴心照料，我还是会想，大病了怎么办，将来走不动了怎么办？想得常常不能入眠。父母养儿为防老，子女忠孝两难全，时常处于一种矛盾与无奈之中。

　　前段时间，把娘接到了城里。还没住多久，娘就闹着要回去。说是城里住不惯，晚上做梦都想着家乡的人，想着家乡住了一辈子的那片土地，想着父亲在世时栽种的那些花、那些树，想着晚上看门汪汪叫的小黄狗，想着白天和娘斗智斗勇的鸡和鸭。我拗不过娘，娘又回到了她舍不得离开的家。

　　天上仅有的几颗星星也躲进了云里，街道昏黄的路灯下看不到几个人影儿，西边的天空时而闪着耀眼的白光，随之一声闷雷，开始下起雨来。我急急忙忙回到家里，给妻子说我想起了娘，妻子说她也想娘了，对我说："明天出去给娘买些好吃的，咱一块儿回去看看娘。"

麦 忙

清晨，妻子像捡到了宝似的高兴地对我说，她昨晚梦到田野里小麦黄了，听到了"算黄算割"清脆的叫声，朦胧的月色中看见了"算黄算割"玲珑艳丽的身影。我也为妻子的话感到高兴，心想自己有好多年没听到过"算黄算割"的叫声了。

"算黄算割"在当地是一种吉祥鸟，相传是专门为督促人们快快收获夏粮而生的，小麦即将成熟时匆匆而来，在黎明中不停地叫着"算黄算割"，象征着庄稼人所企盼的丰收。梦到这种鸟，一定会给人带来好运。

种粮食是庄稼人的本分，秋种小麦、春种玉米、夏种菜蔬，一年四季，交替轮回。

过了寒露，麦苗儿像百万整装待发的勇士，齐整整地站在肥沃的大田里，头上顶着露珠儿，在初升的太阳下映射出耀眼的光芒。在冬天的皑皑白雪中，麦苗儿会露出笑脸，精神抖擞地迎接凛冽的寒风。

一场春雨过后，茫茫的田野里会铺上绿茵茵的地毯。这时候母亲会领着我去麦田里锄草，于是就认识了麦田里最常见的麦绿菜、胖娃娃、荠荠菜等野菜和野草。母亲会把野菜捡拾在随身的篮子中带回家，做成餐桌上的美食。

小麦拔节的时候，静夜中能听到沙沙的声响。小麦会把在冬春积蓄的力量爆发出来，接着很快地完成从抽穗、扬花、灌浆，到成熟的过程，活出生命的精彩来。人常说"麦熟一晌"，小麦灌浆之后，离成熟就不远了。清晨传来"算黄算割"优美的歌声，大片的麦田一夜间翻起金灿灿的波浪，庄稼人一年盼望的夏收季节到来了。

农业社时期常常闹春荒，等不到小麦成熟就没粮吃了。父亲和村上的男人们，不得不起早贪黑走出大山，到二百公里外的河南灵宝担红薯片子，抑或去公社粮店担返销粮。后来，为了解决早春粮食的青黄不接的难题，就选一块肥沃的土地种上早熟的大麦。麦忙也就先从大麦开始，一般把大麦收完，把粮分到户，磨成面，吃到口里，大片大片的小麦也就成熟了。

那时候，农业社集体劳动全靠生产队长吆喝。每天晚上，生产队长坐在家里，对着麦克风安排第二天的活动。麦收季节，社员们按照大喇叭的指示，趁着皎洁的月色，把镰刀磨得明晃晃的，准备第二天的割麦大会战。收麦是龙口夺食，一旦下雨麦子就毁了。父亲在天刚麻麻亮就起床，和乡亲们一起赶早把麦子割倒，一捆一捆地背到大场上，赶在正午太阳最强的时候把割回的麦子摊开晾晒。到了后响，男人们赶来精壮的黄牛，套上碌碡，一手拉着牵绳，一手拿着鞭子，口里不停地吆喝着，抑或唱着丰收的曲儿，高高兴兴地转着圈儿到来碾场。

那时的黄牛也是集体的，干起活来踏踏实实从不偷懒。黄牛是通人性的，知道不好好干活会招来打骂，甚至会被卖掉。被卖掉的黄牛一般都会落个盘中之餐的下场。当然，黄牛有时也会调皮。正当碾场的男人们哼着曲儿高兴的时候，黄牛会拉屎拉尿，常常会把屎尿拉在麦秆上，弄得男人们措手不及。调皮的黄牛便少不了挨几鞭子，惹得女人、孩子们的一阵笑声，女人们会骂男人们没尿用。

日落黄昏，男人和女人们用铁叉、木叉把碾过的麦秆挑到大场边，摞成一个个尖塔状的垛子。男人们的任务就算完成了，坐在场边抽旱烟、逗孩子，或聊夏粮的收成。

接下来就是女人们的事了。在月光下，没有月光的时候便会挂上汽灯，女人们用簸箕把当天碾的麦子簸完。如果运气好的话，会遇到风，男人帮女人们用木锨来扬场，帮忙把当天的"战场"收拾干净。

这时候男人和女人们也不会急着回家，而是围坐在大场上，在凉爽的夜风中，慢慢地喝着竹叶泡的茶水，把一天的疲劳赶走。这是一天中最惬意的时刻，在星光的陪伴下，说说笑笑拉拉家常。孩子们也不急着睡觉，围在大人身旁听着没边没际的故事，或在大场上疯玩。

农村实行家庭联产承包责任制以后，群众的吃饭问题解决了，慢慢地也就不用种产量较低的大麦了。到了五六月间，大片麦田在"算黄算割"一声声急促的催叫中，翻滚着金浪。这时再也不用生产队长吆喝了，一家一户早早地磨好镰刀，早早地收拾好连枷、木叉、簸箕，就等着把成熟的麦子背回来。再后来，群众不仅有了余粮，也有了余钱。有人买了脱粒机，成熟的小麦再也不用背到大场去，就在自家的院子里脱粒。大伙儿也互相帮忙，早上在张家，下午在李家。男人们在地里割麦，在院子脱粒，女人们专门在屋里做饭，帮忙的人热热闹闹地吃着美餐，脸上像开出了花儿。

我家里穷，脱一次麦不过几元钱，但对父亲来说仍像天文数字，根本拿不出来，所以我家里很少请来脱粒机。父亲还是会套上黄牛拉上碌碡来碾场，或者和母亲用连枷来打。晚上，母亲和过去一样，一簸箕一簸箕地把白天打好的麦粒弄干净。

有一年，眼看麦子成熟了，天气似乎专门和人作对，说变就变。大片的黑云凑到一起，拉下了阴沉沉的脸，噼里啪啦地下起了大雨，而且是没完没了地下。太阳时而露个脸看看焦急等待收麦的人，转过脸又接着下。这样断断续续地下了十多天，还没有停歇的意思。眼睁睁地看着成熟的麦子在田里变黑了，从麦穗上长出了嫩嫩的麦芽儿，这可急坏了盼望丰收的父老乡亲。

父亲和乡亲们冒着大雨到田里割麦，我也跟上父亲，把湿漉漉的出了芽儿的麦子背回家。在屋里把已经出芽儿的麦粒摔下来，在锅里炒，在炕上炕，就这样用最原始的办法收割了那年的麦子。

母亲抓起那出了芽儿、失去了光泽的麦粒，眼睛湿润，不由自主地掉下了泪水。母亲对我说："娃呀，这下吃不上好馍好面了。出了芽儿的麦子，蒸的馍是黏的，味是甜的。"等母亲用出了芽儿的麦面蒸了馍，的确难吃如药，几乎无法下咽。后来才知道，出了芽儿的麦子，淀粉已转化成了糖，因而吃起来自然不是原来的味道了。

麦收后，到了缴公粮的时候，父亲急得团团转。麦子出芽儿了，公购粮用啥交呢？母亲做饭的时候，父亲走过去，好像是在请求母亲："娃他妈，缴公粮那是咱庄稼人的义务，可今年这麦子出了问题，咱都不想吃，交给国家不坑人吗？"父亲是个心地善良的人，一辈子宁愿自己吃苦也从不做负人的事。母亲知道父亲的心思，说："你不就是想用去年那点陈粮顶今年的公粮吗？"

还没等母亲的话音落下，父亲就说："你同意了？"

母亲说："我哪能不同意，尽管是陈粮也比今年出芽儿的麦子强百倍，只是可怜了娃们要吃出芽儿的麦子了。不过也好，让娃们受受苦，也是个磨炼。要不是国家实行家庭联产承包责任制，咱还不得饿肚子吃不饱饭。"

父亲听母亲这么一说，心里说不出的高兴，激动地拉着母亲的手："知夫莫若妻也。"母亲看着父亲高兴的样子，脸上也绽出幸福的笑。

周末的早晨，父母和我一块儿迎着初升的太阳，伴着沙河哗啦啦的笑声，去镇粮站缴了公粮……

这些年，政府号召农村进行种植业结构调整，大力发展现代观光农业，发展大棚菜，大力种植中药材。农民家家致富奔小康，腰包鼓起来了，但种庄稼的人却越来越少了。原来大片翻着金浪的麦田，现在成了开着风铃一样紫色花朵的丹参、桔梗园，成了阳光下闪着银光的一座座蔬菜大棚。

再也听不到"算黄算割"清脆的声音了，也看不到收麦天忙碌的景象了。忽然想起曾经的麦忙，还真有点忧伤。

又是中秋月儿圆

时光荏苒，岁月如梭。眨眼间，又到了一年的中秋佳节，秋高气爽，云淡天蓝，丹桂飘香。我想，今夜可以静静地欣赏中秋的圆月了。

夜幕悄悄降临，前几天的一场连阴雨给中秋的夜带来了丝丝凉意。

我沿着丹江河畔，不知不觉一直走到莲湖边。久违的莲湖，鱼儿可好，荷姑娘可好，秋的忧伤是否已印在了荷姑娘的眉头？我独坐在莲湖岸边长满绿苔的石阶上，对面是一排排桂花树，盛开着米粒大金灿灿的花朵儿。御湖街花灯似锦，好像银河坠落到那里的房子上、树上、草坪上，繁星密布，人在星河中穿梭。东边的天空越来越亮，中秋的圆月就要出场，赏月的大幕马上就要拉开了。我目不转睛地望着东面的高楼、树梢的方向，好似去迎一位远归的旅人。

"妈妈，妈妈，你看月亮挂上了树梢！"一个小男孩惊叫。我这才发现，身边的石阶上早已经坐满了赏月的人。

"十五的月亮真圆，真美。"一个年轻漂亮的女子对身边的男朋友说。

我静静地看着高高挂在长空的明月，格外明亮，格外美丽，似乎能清晰地看到嫦娥在月宫新盖的婚房，似乎能听到小兔仙在桂树下悄悄地说着情话。那美玉般的明月，似清纯的十八岁少女，似风华正茂的翩翩少年。

"妈妈，妈妈，你看湖里还有一个月亮。"那个小男孩又有了新的发现。

平静宽阔的莲湖上有个月亮，和天上的月亮一样美。静静的湖面泛着银光，像平铺着的绸缎，明月就像放在绸缎上的明晃晃的玉盘。一阵桂花的清香扑面，两条鱼儿缓缓地游来，争相亲吻起月亮。月亮即刻朦胧起来，偷偷地藏入湖底，湖面顿时撒上无数亮闪闪的碎银，好像是谁都可以领到的奖品。

中秋的月亮是最美丽的，代表着圆满，代表着丰收，代表着牵肠挂肚的乡愁。

小时候，每到中秋节的晚上，我和一群小伙伴会早早地聚集到门前的碾盘子边上，围坐在奶奶的身旁，一边望着天空的明月，一边听奶奶讲故事。奶奶讲得最多的是嫦娥奔月。奶奶说，嫦娥原是凡间非常美丽善良的女子，她的丈夫后羿是位神力无限、造福百姓的英雄，夫妻俩郎才女貌恩恩爱爱。一日，嫦娥为了使丈夫从王母娘娘那里得到的长生不老药不被小人逢蒙窃去，在紧要关头一口吞下，身子突然轻飘起来，冲出窗户飞到月亮上，成为月亮上一名织女。天宫上文武百官穿的衣服都是嫦娥那双勤劳的巧手织成的。

"你们看，嫦娥正在桂花树下纺线呢！"奶奶指着圆圆的明月说。

我们都仰脸看月亮。二狗说："奶奶，我长大也要像嫦娥一样勤劳善良。"

奶奶说："你是男孩，长大要当一名男子汉，做像后羿一样造福百姓的英雄。"

二狗打破砂锅问到底："奶奶，月亮上的桂花树多吗？"

奶奶说，远古的时候，月亮上是茂密的森林。只因玉帝大兴土木，命吴刚把月亮上的树都砍了，用来修宫殿，月亮的环境越来越差，有些地方寸草不生，桂花树也所剩不多了。要不嫦娥怎么还是觉得人间好呢？

上世纪 80 年代初，农村的生产生活条件发生了很大变化，老百姓不再愁饿肚子了。每到中秋节，赏月也有了仪式感。中秋节的晚上，娘会摆上提前暖好的红通通的甜柿子、炒好的热乎乎的油板栗、剥了皮的鲜核桃，一家人团团圆圆坐在院子里，一边尝着美味，一边赏着明月，享受着中秋月夜的美好时光。

大学毕业参加工作，尤其是远离家乡调到外地工作以后，随着年龄的增长，每到中秋节，看着一轮明月，又会有新的感受。

有一年中秋，正赶上国家在秦皇岛组织干部培训学习，自然要赏北方海上的明月。明月从海上升起的刹那，美到了极致。那个银盘子冰清玉洁，耀眼的银光映在海面上，被海风吹成银色的浪花。有人惊呼月亮之美，我却屏住呼吸，只怕把刚升起的湿漉漉的明月吓着了，再掉进海里。那天晚上，我久久不能入睡，银色的月光从窗外照到床上，使我更加思念千里之外的故乡、父母和妻儿。

近几年，由于工作岗位的调整，整天紧张忙碌，少有时间回家看娘，更少有机会陪娘在中秋节赏月。我时常在中秋节的晚上梦到娘，梦到娘站在村头的大槐树下望穿秋水，等着儿回来团圆；梦到娘端上热乎乎的面条，递到我的手上；梦到又吃上了娘亲手炒的热板栗、暖的甜柿子。

又一年的中秋节，我带上妻女回家，准备陪娘吃顿饭，说说话，赏赏月。谁知刚回到家不一会儿工夫，屁股还没坐热，单位就来电话，催我马上返回，参加应急救援。灾情就是命令，抢险事大如山，我只有把妻女留下陪娘，直接随车返回。娘说："那你快去吧，国家的事大，把工作干好。"虽然嘴上这样说，但我看得出来娘心里的无奈。看到娘满头的白发，深深的皱纹，佝偻着的瘦弱的身躯，心里不由得一阵酸楚，泪水长流。这辈子，不知欠了娘多少个中秋圆月。

今夜又是中秋，望着皎洁的明月回想起中秋赏月那些事，万分感慨。人生的路上，有欣喜，有欢乐，有无奈，有忧伤，这不正像月有阴晴圆缺一样吗？世间事本就不可能十分圆满，有阴差阳错，有悲欢离合。看开了，就会泰然处之。但在大事面前，要保持清醒的头脑，所以，我永远记住了娘那句话："国家的事大，把工作干好。"

情牵石磨

那些年，我们村几乎家家都有个石磨子。

我家的石磨子就在老房子门前的屋场上，正对着父亲视为命根子的老黄牛的圈舍。石磨子的旁边有一棵老槐树，是先有石磨子还是先有老槐树，实在是无法考证。父亲在世时没弄清，到我这代也只能是个谜了。老槐树枝叶繁茂，硕大的树冠、粗粝的树枝就像历经沧桑的老人伸开温暖的双臂，给石磨子遮风挡雨。老槐树和石磨子更像一对老夫妻，在岁月的长河里，默默相守，相互搀扶，慢慢变老。

在我家，石磨子算是重要的家庭成员，有着很高的家庭地位，父亲把石磨子当老先人一样敬着。那时候每逢过年，都要"宴请"槽上那头老黄牛，母亲会在除夕给老黄牛擀面条吃。在父母的眼里，老黄牛辛苦了一年，也应该有一顿和人一样的待遇。"宴请"了老黄牛，接下来就要敬石磨子。

父亲用一个瓷碗装上麦子，然后点上两根香，祈祷来年五谷丰登、粮食有余，祈祷石磨子能"吃上"苞谷、麦子等正儿八经的粮食，磨出更多又白又细的面来。

石磨子可算是我家的大功臣。一家人一年吃的面粉，全靠石磨子磨出来。小时候，父母晚上收了工，急急忙忙给我们做饭吃了，就开始推磨子磨面，有时甚至要推一晚上。母亲不仅要推磨，还要用面罗一次次地罗面，罗完了再磨第二遍第三遍……现在想起来，那时候，父母为了一家人的生活真是吃尽了苦头。

自从有了那头老黄牛，磨面的主要劳动力就是它了。我长大以后，就成了老黄牛的助手。每当磨面时，老黄牛在前面拉，我在后面帮着推。有时推着就打起了瞌睡，打起瞌睡就使不上劲儿，磨杠子松了就往后退——推磨子是偷不得懒的，必须脚踏实地地往前走，否则就会后退。那时候真正感受到了老黄牛的勤恳踏实，不管我使不使劲，牛总是把前头拉得紧紧的，一步不停地转啊转，直至把那些粮食一遍一遍磨完。难怪父亲视老黄牛如生命，也难怪母亲在除夕夜要给老黄牛擀面吃了。

生活困难那些年，石磨子只能磨些粗粮杂面。农业社分粮主要依据工分。山村的地土薄，打不了多少粮，加之家里孩子小，缺劳力挣工分，自然就分不到多少粮食。每年下来一人分不到半年的口粮，分到的麦子更少，一年到头很少能吃上白面。

母亲为了我们能吃上白面条，就用少量的麦子掺和些黄豆来磨面，磨下的面是原汁原味的黄豆杂面，擀的面条筋道，也有些豆味。为了去豆味，母亲就试着把白苞谷煮熟，掺和在麦子和黄豆中，这样磨的杂面就少了豆味，也不影响面条的口感。母亲的这个方法传给乡邻，解决了缺少麦子又想吃上面条的问题，邻里婶婶们都夸母亲的这个主意好。

当地人都有吃馍馍的生活习惯，只要有馍馍，哪怕喝凉水，都能凑合一顿饭。那时候蒸馍馍，能用苞谷面，就是条件好的人家。我们家里常用的是磨杂面剩的麸皮，有时会用嫩苞谷芯和着干苞谷粒在石磨子上磨的面，有时也用谷糠拌上火罐柿子晒干后磨成的面。这些原材料蒸的黑馍馍口感差，甚至难以下咽，但多亏这些黑馍馍弥补了当时口粮的不足，帮助一家人度过了饥荒。那些年生活的困难倒是磨炼了我的意志，让我懂得了要珍惜粮食。

实行家庭联产承包责任制后，土地承包到户，老百姓种粮积极性高了，粮食产量也高了。粮食丰裕了，石磨子也吃上了"细粮"，再不用磨那些苞谷芯、红薯蔓、谷糠之类的代粮品了。老百姓的吃饭问题解决了，慢慢地开始多种经营，种蔬菜、种瓜果、种药材、栽果树，钱袋子也慢慢地鼓起来。村上开始有了电磨子、脱粒机、摩托车、拖拉机，把老百姓从繁重的体力劳动中解脱出来。从此，石磨子也就光荣"退休"了。

我家的石磨子退下来后，母亲还真有些不习惯，总是觉得电磨子磨的面没有石磨子磨的面吃着筋道有味，特别是电磨子上加工的苞谷糁没有石磨子加工的好。每隔一段时间，母亲总是要在石磨子上加工些苞谷糁，并托人给我送些来。后来母亲的年龄大了，体力活做不动了，但还是时常去老屋门前看看石磨子。

每当我想起石磨子，也就想起母亲一辈子为儿女的辛劳，想起母亲对石磨子的惦念，想起小时候母亲做饭的味道。

前几日，陪朋友去一个景区，有用石磨子铺的路，有用石磨子建造的景观小品，勾起了对我家石磨子的回忆。我仔细察看了景观小品上那些石磨子有无我家石磨子的印记，我家的石磨子是不是也被人收走了。看着看着，觉得有个石磨子和我家的石磨子有惊人的相似之处，我急忙电话向母亲求证，母亲告诉我："石磨子还在，我才舍不得卖呢，还是留下做个念想的好。"我回答母亲："是，是，是，就留下做个念想吧！"

第二辑

人在旅途

如诗如画朱家湾

金秋十月,阳光明媚,天高云淡,丰收的幸福和喜悦四野弥漫。我有幸成为市作家记者金秋采风团成员。采风的目的地是风景秀丽的国家森林公园牛背梁脚下、全国知名的美丽乡村——朱家湾。多年前曾几次到过朱家湾,但多因公务繁忙,未曾久停。

汽车绕山而行,七转八拐,终于来到美丽的朱家湾。

朱家湾的十月,层林尽染,如诗如画,美不胜收。山峦连绵起伏,在清凉的秋风中慢慢变幻成一幅幅色彩斑斓的画卷。看那红的枫叶、黄的杏叶、紫的藤蔓、绿的松柏……好像大山的儿女,在母亲的怀抱里相互撑扶着、依偎着、衬托着。这里的水来自于秦岭深处的溪流,汇集成乾佑河顺势而下,流向远方。沿河而上,水天一色,碧潭串串,清澈见底,鱼儿自由自在穿梭在碧水中。两岸的民居,多是近几年打造美丽乡村中新建的小别墅，错落有致，富有浓郁的陕南地方特色，白墙灰瓦，红门花窗。干净整洁的小院，悬挂着一串串红灯笼，一个个显眼的农家乐招牌，与山坡上斑斓的景色遥相呼应。

太美了！真是太美了！

同行的采风团成员，被这里的美景所感染，顾不上旅途劳顿，拿起相机咔嚓咔嚓不停地拍照。有的手掬清澈的溪水感受水的甘甜，有的忙着和村民畅谈。

我生性喜欢安静，独自来到一处叫"阳坡院子"的民宿。民宿的老板听说我是来采风的，忙出来打招呼。

阳坡院子，是朱家湾最具代表性的民宿，在民居基础上改造而成。其坐落在南坡根，屋后是一片翠绿的竹园，四周通透的篱笆墙上爬满了凌霄花，篱笆根旁怒放着山菊花和格桑花。门前一排排银杏树，像威武的士兵，金色的叶片在阳光下熠熠生辉，像蝴蝶在秋风中飘逸起舞，然后悠然自得地投入大地母亲的怀抱。一棵棵粗壮的柿子树上，红红的柿子似庄稼人的笑脸，还有几只喜鹊叽叽喳喳，唱着动情的歌。进入院内，绿萝绕墙，曲径通幽，各种盆景把院子点缀得格外富有情调，一株碗口粗的迎客松仿佛主人伸出的一双热情的大手。

"这可是国家权威部门认证的4A级民宿。"老板介绍说。

随老板进屋，屋里的布置让我赞叹。生活用品一应俱全，有软绵绵的大床，雪白雪白的被褥。设计十分贴近自然，一面土墙泛着泥土的香味，晚上躺在床上透过窗户就可以望星星看月亮。

"真没见过这么'高大上'的民宿，4A级绝不为过。"我对老板说。

老板说，多亏这些年大力发展旅游产业，打造美丽乡村，拉通了自来水，重修了干线公路，硬化了乡村道路，接通了网络宽带。去年又通了高速，缩短了与大城市的距离。山更秀丽了，水更清澈了，游客越来越多了，老百姓的腰包也随之鼓起来了。三十年前，这里还是穷山恶水黑石头，交通不便，信息闭塞，老百姓的生活困难，乡村一直流传着这样的歌谣："洋芋糊汤疙瘩火，除过山神就是我。山路弯弯地不平，道路泥泞难出行。"

听到老板的话，我的感触是比较深的。二十年前我就来过这里，那时和现在相比，真是有天壤之别。

20世纪90年代初的一个冬天，我和同事来山城出差，碰上了一场多年不遇的大雪。一夜间，山川草木和房屋全都变成白茫茫的冰封世界。人被潮湿阴冷的寒风笼罩着，尽管停留数日，却只能足不出户。出山唯一的一条三级公路还没改造，更没有铁路和高速。那时的车也不如现在的小轿车车况好，回程的时候，我们的老北京吉普刚行驶到黄花岭下，还没走出朱家湾地界，就抛锚了，怎么也打不着火，像头病得奄奄一息的老牛卧在那里。司机下车左拧拧右看看，怎么也弄不清是啥毛病。眼看日头要落山了，大家又冷又饿。

正在发愁时，对面走来一个又黑又瘦的小伙子，个头不高，大脸盘大眼睛,三十多岁。"天快黑了,看你们在这弄大半天了,这车恐怕是修不好了,要不到我家住下,明天再修。我家就在路对面。"小伙子指着对面又低又矮的三间石板房说。

可能是小伙子看出了我的疑虑,又自我介绍他叫马跃进,五八年生的,所以叫跃进,是这里的生产队长。听他说是队上干部,我的心放下一半。我们跟马队长回到屋里,他一边倒开水,让我们先暖和身子,一边吩咐媳妇赶快做饭。那天,我们端着马跃进媳妇做的洋芋糊汤,烤着灶前的疙瘩火,心里感到格外温暖,庆幸遇到了好人。从此,我记住了朱家湾,记住了马跃进和他的洋芋糊汤,记住了纯朴善良的山里人。

好多年过去了,再也没有马跃进的消息,不知他这些年过得怎么样。这次安排来朱家湾采风,正好打听一下他,当年那个小伙子现在应是年过半百的老马了!

"你们村上的马跃进这几年过得咋样?"我问老板。

"怎么,你认识老马?他现在可是我们村上的大能人,这几年种植香菇、木耳发财了。不仅他挣了钱,还带动了周边的贫困户赚了钱,前几天县上领导还带人参观他的生产基地呢!要不我这就带你去找老马?"

随老板沿河而上,拐了两道弯,来到一处地势开阔的田园,映入眼帘的是明晃晃、亮闪闪的塑料大棚和大棚上面的太阳能光伏电站。

"老马,你看谁来了。"我俩来到大棚前。

马跃进正在给前来采摘香菇、木耳的几个村民进行培训,听见有人叫，急忙回过头来。我和马跃进都上前一步，相互握手。我藏在心中的那份感激一下子迸发出来，用力拥抱了马跃进。

我问马跃进："看样子这些年你干得不错嘛！日子一定过得很好吧？"

马跃进说："是脱贫攻坚给我们带来了好日子。你看我这些塑料大棚，再加上太阳能光伏发电，每年至少纯收入几十万元。我这里聘了几十个村民，每人每年农闲时在这里打工至少挣万把块，当年就能脱贫。我已带动二十多户贫困户脱了贫。"

马跃进一边介绍一边领我进到大棚里。今年的最后一茬子香菇已经成熟。看那肉乎乎、胖嘟嘟、密密麻麻的香菇立在菌棒上，我仿佛看到了贫困户充满希望的笑脸，看到了马跃进和媳妇高兴地数着票子的画面。

临走时，马跃进邀请我到家里去做客，说他家里盖了三层小洋楼，媳妇在家主要经营农家乐。"今天到家里去让弟妹给你擀面吃，给你做香菇炖土鸡。"我告诉马跃进，这次采风是统一行动，下次来请弟妹做香菇炖土鸡，还要做洋芋糊汤哩！

离开马跃进的香菇基地，也算完成了采风任务，的确不虚此行。

如诗如画的朱家湾，我还会再来的。

法官村里有高兴

　　五一假日,我邀一个外地的朋友来商洛玩,朋友欣然同意,于是带他去了一个非常美丽的乡村——山阳县法官村。

　　驱车前往,朋友算是游客兼司机,我是导游兼陪游。看得出他的心情有点激动,车开得飞快,不过车技高,开得稳,一边开车一边和我天南海北地聊。车行约两小时,到达目的地。

　　法官村其实还有一个鲜为人知的名字——花莲。从古至今,当地的百姓大都种植莲藕,出产的九眼莲是我们商洛地区的特产。基层领导有眼光,几年前引导村民建设千亩荷塘,大力发展莲藕产业,环境美了,群众增收了,慢慢地法官村也有了花莲的美名。夏天,荷花妖娆,碧叶接天;秋冬,白嫩质细的莲藕换回的钞票,把老百姓的腰包填得满满的。

　　踏进法官村,"法官山寨"四个大字刻在村口一座石拱桥上,桥上还有三个雕梁画栋的阁楼。穿过石拱桥,往山下走约一百米，是一个观景台。站在观景台上望去，村落呈盆地形，周边青山如黛，瀑布如帘，村内小桥人家，白墙灰瓦……清晨刚刚下过一阵细雨，空气格外清新，整个山村如水洗过一般亮丽，简直就是一幅醉人的图画。朋友惊喜连连，喊了起来："哇，真美！真美！简直就是人间仙境嘛！"

沿山路下行到坡底，已是中午时分，恰有"高兴农家乐"坐落在山脚的一片郁郁葱葱的槐林中。阳光透过树叶的间隙照在人身上，一丝丝凉风带着槐花的清香沁人心脾。林荫中有一间古朴的草房子，房内有磨豆腐的石磨子，外面的屋场上有一个石碾子，再往上就到"高兴农家乐"的院子了。

踏进农家乐，看到一个老汉，年七十开外，古铜色的脸上有岁月刻下的深深皱纹。老人家精神矍铄，双目炯炯有神，坐在那里精心编着竹篮子。看到我俩到来，忙站起来招呼："欢迎来这里检查指导。"

朋友说："我俩也不是什么领导，就是来这里观景的，肚子饿了，就奔你这儿来了，快准备中午饭。"

老汉一边吩咐儿媳妇做饭，一边把我俩领进屋里，让座，倒水。老汉自我介绍说，他叫张高兴，所以小店起名"高兴农家乐"。小店主要靠儿子和儿媳妇经营，两口子在南方打工多年，攒了点钱，响应政府号召回乡创业。张高兴看我俩喝完水，便提议带我俩去院里转转。

院子一边有一处池塘。池中养着几株青莲，水面上浮着绿绿的荷叶。荷叶如手掌大小，叶面上有豆大的露珠，在阳光照射下发着银光。池中有一群金鱼，红色的，金黄色的，还有黑白相间的，见人就游过来，好似欢迎我俩的到来。池中假山上有一个小喷泉，张高兴说水是从沟里的小溪引过来的，是地道的山泉水，水质甘甜，在农家乐饮用的就是这水。我从旁边掬了一口喝在嘴里，的确很甜很纯。朋友也跟着掬了一口喝下去，异常兴奋地说："今天的确是来对了地方，我猜饭也绝对有家常的味道。"

张高兴把我俩领到隔壁放着竹编工艺品的屋子，屋子里堆满了大大小小的竹篮子、竹笼子、盘子、筛子，还有一些小工艺品。我们被他的手艺惊呆了，连连称赞。张高兴说："村上大多数人都有竹编的手艺，都是从祖辈一代代传下来的。现在政策好，鼓励大家多编多销，只要勤劳点，每年可以赚几万元，不愁没钱花了。别看我这儿放了这么多，有时还供不应求，主要是价格低廉。现在也不全靠这个，还有农家乐呢！"我俩越听越觉得他朴实真诚，便买了几件竹编，算作是对他辛勤劳动的支持。

介绍完他的竹编，张高兴又把我俩带到西隔壁的院子。靠院墙根有一个土制的馏酒炉子正在馏酒，老远就能闻到浓浓的酒香。炉肚子下边有一根竹筒，从里边蒸馏出热腾腾的烧酒来。张高兴说，酒也是村里的特产。

我的家乡也算酒乡，最出名的是苞谷酒，还有甘蔗酒、柿子酒。特别是每年中秋、春节，家家都要馏酒，家乡的天空到处都飘着浓郁的酒香。

张高兴说，他家只馏地道的苞谷酒，因为纯粮手工酿造，品质纯正，因而前来买酒的人很多。他指着院子西边的一个亭子让我俩去看。亭子上有"品酒亭"三个大字，边上的一块牌子上写了几行很独特的文字，更是让人对张高兴刮目相看。左边写着："喝一碗免费，喝两碗再送一碗，保你高兴。"右边写着："是羊晒不黑，是猪捂不白，货真价实。"张高兴说，凡到他这里来喝酒的，价格保你高兴，质量保你高兴。说着从屋里端出来两大碗酒，说给我俩免费喝。他说酒卖的就是人品，正因如此，生意才特别好。我心里思量着，这人还真不简单，有一套经营之道，用心做事，用情做人，用诚感人，难怪生意好。这不正应了"酒香不怕巷子深"的老话吗？

我们正聊得起劲，张高兴的儿媳过来喊吃饭了。

跟着张高兴的儿媳进屋，桌上已摆着热腾腾的饭菜。张高兴的儿子说："今天都是用当地土特产做的菜，莲藕炖土鸡、酸菜魔芋、粉皮腊肉、鲜豆腐、山野菜。足够你俩吃，多了就浪费了。"他朴实的言语中是满满的诚恳。菜的味道很鲜美，有家的味道，洋溢着醇厚的乡情。

结账时又一个惊叹，果真物美价廉！

离开农家乐已到下午两点，张高兴硬是要给我俩当向导，陪我俩看一下村上的千亩荷塘、千亩樱桃园、养鸭场、大瀑布、茶园与茶叶加工厂。看着这个美丽乡村的美好风貌，加上张高兴的殷勤热情，我们坚持要给服务费，他坚决不收，只是说，回去多宣传宣传，钱是绝不能收的。我和朋友都留了张高兴的电话号码，也给他留了我们的电话号码，并叮咛以后有啥用得到的地方可以联系。我即兴送了他一首小诗：

  花莲美景不虚传，一方净土桃花源。
  白墙灰瓦绿荫衬，小桥流水绕山转。
  瀑布飞流成奇观，溅起水花如云烟。
  山美水美人更美，高兴农家游客欢。

春醉鹤城

美丽的鹤城是我的家乡。

在空中鸟瞰，城市布局似丹鹤飞翔，因而得名鹤城。近年在网络上有好多热心人，给家乡起了不少别名，最确切的，我觉得应该是"春城"。春城自然说的是这个天蓝水绿的山城像春天一样美丽了。

鹤城的春天，是花的海洋。家乡地处大秦岭长江流域和黄河流域的分界线上，自然造就了这里生物的多样性。每到春天，龟山、金凤山、桃花岭、桃花谷、梅子园、樱桃园、李子沟、牡丹园、玉兰路、柿园子、核桃沟等各种各样的花园子，竞相开放着五颜六色、形态各异的花朵。

这里的春天，开得最早最养眼的算是桃花，满山遍岭、沟渠坡坎、房前屋后，有成片栽植的，也有零星野生的。春风轻轻一吹，遍地桃花红。这里的桃花，颜色以正红色居多，深红色、粉红色、浅红色也有。大花如指，小花如豆，似彩霞、似锦缎，映红了天、映红了水，整个山城都沉浸在浓浓的桃花幽香之中。每到桃花盛开的季节，当地的、外地的来来往往赏花的人，穿梭在桃林之中，游荡在花的海洋。我仿佛听到了那首歌："在那桃花盛开的地方，有我可爱的家乡……"

　　鹤城除了桃花，还有很多花。樱桃园的樱桃花，粉里透红、红里透白，如仙女下凡，在春风里翩翩起舞；李子沟的梨花，洁白如雪，清香芬芳，入心入肺，每到四月，更是"你有东风我有雪，遍地雪白梨花稀"；随处可见的玉兰花，白的冰清玉洁，紫的富贵高雅，清香四溢，令人陶醉；满坡黄澄澄的油菜花，在微微的春风中掀起层层波浪；牡丹、芍药、山茶、海棠、连翘、槐花等知名的或不知名的花儿都开了，就连那路边的小草也竞相开着或红或绿或白或紫的各种各样的花，生怕与春擦肩而过。

　　鹤城的春天，陶醉在绿色的世界里。春风来了，鸟儿醒了，小草绿了，树芽儿绽了，小动物开始撒欢儿，整个世界都醒了。

　　我家屋后的那片竹林，在春风春雨中摇曳着，被春雨洗刷得格外翠绿。林下那笋尖儿，在雨后便会急着钻出来，当夜深人静的时候，能听到新竹拼命拔节的喘息声，一夜间便会长出好高好高。

　　春天的鹤城，丹江两岸，柳丝袅袅，垂吊于清澈的碧水之上，被春风剪出一片片窄叶，剪出絮絮的柳花，远远望去似帘似幕，似一排排仙女站在岸边戏水，婀娜多姿，分外好看。

鹤城的春天，陶醉在蝶飞蜂舞、欢歌笑语中。春天来了，赶春的人们也起得早了，步子也轻快了。清晨，锻炼的老人哼着歌儿在河滨公园里打着太极，树林里的鸟儿也早早地飞过来和着老人的曲儿，在树梢上欢快地跳来跳去。蜜蜂在花的海洋里唱着歌儿，忙碌地工作着。彩蝶儿在人群中飞来飞去，展示着自己的花衣。小燕子也回来了，衔泥回到老家筑造新屋。喜鹊也不甘示弱，在树梢上叽叽喳喳地叫个不停。乡下的农民在田里播种，抑或在菜地里整理着一畦一畦的希望。

　　鹤城是我的家，是令人陶醉的地方。鹤城的春天，是充满生机的春天。

三月桃花红

早晨起床，爱人嘟囔："就你事多，天天加班，星期天也不带上娃们出去转转。"

由于工作繁忙，难免忽略了家人，人家有点牢骚也在情理之中。我一贯的对策是保持沉默。爱人刚刚说完，女儿也发话了："老爸，今天咱们去桃花谷吧！"爱人和女儿都表态了，我也就满口答应。几个星期没公休了，也该出去走走看看，难得享受一下天伦之乐。

桃花谷，不是陶渊明笔下的桃花源，却是一个令人心旷神怡的地方，是文人心中的诗和远方。桃花谷，因桃花而得名。桃花谷原名竹林关，是商洛丹凤的一个文化名镇，自从与桃花结缘，这里便有了更多的故事、更多的美景、更多的游人，成了陕南广大农村脱贫致富的样板，成了陕南美丽乡村的标志，成了名副其实的山水生态田园AAAA级景区。

女婿开车，我当向导，爱人和女儿在后排抱着小外孙，一家人欢欢喜喜驱车前往。绕着青山，环着碧水，嗅着三月花红柳绿中的清香，听着丹江的涛声和两岸的鸟鸣，来到了人间天堂——桃花谷。

三月的桃花谷，用人间仙境来形容也不过分。

刚下收费站，就陶醉于习习的春风里，空气中弥漫着桃花的清香。山坡沟沟坎坎里的桃花似片片彩霞，映红了天际。丹江岸的垂柳和翠竹在春风中摇曳。清澈的碧水中，鱼儿自由自在地摆尾游弋。一栋栋高楼，白墙灰瓦，颇具江南风韵。

我没去过桃花源，但直觉告诉我，这里简直就是桃花源。

丹江大桥，好似少女系着的金腰带，格外耀眼。桥头的桃花仙子广场，是举办一年一度的"桃花节"和"桃花仙子"大赛的地方，尽管前几天活动结束了，但依然人山人海。

随着赏花的人流，走进桃花谷深处，花的世界让人有一种莫名的冲动，心跳加速，我不由自主地牵上了妻子和小外孙的手。我入仙境即为仙，神仙生活莫过于此。

为延长赏花期，种花的人颇费心机，把早、中、晚花期的品种相间搭配种植。早开的桃花开得正旺，清香扑鼻，花瓣有红色的、粉红的、粉白的，像十八岁美少女般娇艳多姿。晚开的桃花，含苞待放，暗香浮动，露出了娇羞的笑脸。还有的更晚，花蕾看上去只有一点点猩红，像躲在幕后将要上台参赛的选手。

女儿机灵，看我兴致颇高，提议拍照。她知道这是我最乐意的事，只要全家出门，拍照这活儿非我莫属。我一手拿着相机，一手给她们指导姿势。本想给女儿一家三口先照，爱人倒像孩子一样加入其中。在"茄子""茄子"的喊声中，一张、两张、三张……张张笑脸在桃花的映衬下格外动人，爱人更显年轻，女儿更加漂亮。

有一只蜜蜂突然飞进我的镜头，在花中不停地抖动着翅膀，不停地用两只前足在花中采蜜，根本没有理会我的存在。第一次近距离地看蜜蜂采蜜，不免慨叹。它一生不需督查、无需考核，默默无闻地只做一件单调而繁重的采蜜工作，这何尝不是我们人类所需要学习的。

时间很快，不知不觉到了下午两点多，小外孙喊饿了，妻子喊累了，不得不离开。

绕过桃花岭，来到一处名叫"桃花山庄"的酒家。出门迎接我们的是老板娘，四十多岁，眉清目秀、颇有韵味，风趣健谈、热情有加。

与她闲聊中得知，2010年夏天这里曾经发生特大泥石流，灾害十分严重，大量的房屋、农田被毁。更遗憾的是在那次灾害中，有一名镇扶贫干部因救人而牺牲。英雄的事迹令我感动，英雄的牺牲也令我伤悲。

服务员端来了茶水。老板娘停止叙述英雄的故事，说："请先品一下我们店里自制的桃花茶。"透明的玻璃茶杯中漂着三五朵桃花，泛着淡淡的红色。我端起茶杯细细地品了一口，桃花的清香顿时沁入脾肺。老板娘说："这桃花茶是精心挑选的桃花，通过自然阴凉风干，精心制作而成。水是我们这里的山泉水，所以颜色纯正，味美甘甜。"

品味茶香之际，服务员又端来了桃花酥，说是用传统的配方，添加了桃花做的，是这里的特产。夹了一块放在嘴里，入口即化，的确好吃，于是急忙往小外孙口中喂。这等美食，连一向嘴刁的女儿也向老板娘竖起了大拇指。

老板娘又说："有桃花酒，你们喝吗？"怎能不要，让她们上了一壶温热的，倒在酒杯中，一股浓郁的桃花香一下子弥漫开来。喝一口，热辣辣顺喉而下，随着血液流淌到我的头部和四肢，全身顿时热了起来，好像格外长了精神。要不是爱人劝我不要贪杯，我必一醉方休。

离开桃花山庄，我们来到了当年暴雨泥石流灾难纪念处，那次灾害中滚落下来的大石头还躺在那里，成为永久性的历史见证。纪念碑上刻着那位牺牲的扶贫干部的救人事迹，我肃立默哀，致敬英雄。

离开桃花谷，女儿说："老爸，你喜欢吟诗，就以桃花谷为题作首诗吧。"我便随口念出一首打油诗："商於古道竹林关，两岸桃花映红天。阳春三月景色美，世外桃源如此般。"

一家人异口同声地说："好诗，好诗！"一阵阵笑声，荡漾在美丽三月的山水间。

槐香十里

家乡的五月，山清水秀，花红柳绿。山上山下的槐花如期盛开，香飘四野，片片洁白。

提起家乡的槐林和槐花，我难免激动。那些人，那些事，那些景，常常占据着我的大脑，牵动着我的神经。

家乡是一个地处秦岭南坡的小山村，四面环山，一条小河从村前流过，三百多户村民靠山而居。

在家乡，到处都能看到槐树，枝叶茂密，郁郁葱葱。生长在房前屋后的刺槐树，多因水土条件较好，挺拔粗大，有的甚至需几人才能合抱，成为老百姓盖房的主要用材。槐花具有清热解毒之功效，又是极好的食材。村民们常常用槐花做麦饭、饺子、菜盒子。

每年四五月间，期待许久的槐花在一夜间绽放。山上有成片的槐树林，洁白的花朵儿挂在树枝上，像一串串洁白的雪花，只是这雪花有甜甜的清香，站在树下，让人直流口水。孩子们猴子一样地抱住树，飞快地爬上去，或手捋，或折枝，总之当日必须吃到嘴里。槐花花期很短，也就十天半月的光景，风一吹，便随风而落，在空中飘扬飞舞再落下，铺一地雪白。

听爷爷讲，过去，家乡的山上可不像现在到处是成片的槐树林。那时候，山上满是挺拔的油松、栓皮栎，是茂密的原始森林。油松四季常青，栓皮栎冬季有种特别的骨感美。春末，绿芽儿会在一夜间迸发出来，不到十天半月便如小孩子手掌大小，嫩绿的叶片给人一种生机勃勃之感。秋末的山坡，会有一层厚厚的落叶，像是铺了一层金黄的厚毯，走在上面软绵绵的。到了冬季，凛冽的西北风伴着阵阵松涛，像是大山发出威严的吼声。尽管我没见识过爷爷口里的大山，但也在心中展开无限遐想。

爷爷说，有一天村上来了两个操着外地口音的人，说是上面派到村上的工作队。他们要组织村民吃大锅饭，还要炼钢铁。工作队带头，拿上大斧头、大锯，带上村民去山上伐树。不到一年工夫，山上的大树小树平茬齐过，全部被砍倒了。山上到处是白花花大大小小的树茬儿，满地的木屑枝丫，好似打了败仗的战场，一片狼藉。山上的树砍光了，家家户户的铁锅都炼成了铁疙瘩，废渣也堆成了一座小山，戏楼场子里垛满了黑石头一样的生铁块。

那两年钢产量是上去了，但生态环境被破坏了。就在大炼钢铁的第二年，家乡遭遇了百年不遇的大暴雨，山上的泥石流像发疯的雄狮张着血口，要吞噬这里的一切。眨眼工夫，大水冲走了半边村子，泥石流埋没了村上大半的农田。好在那次大暴雨来临时，村上正组织村民在一起开会，才没有人付出生命代价。

又过了好多年，那时我还是个满山疯跑的孩童，村上又来了工作队。这次是来指导开展植树造林工作的。工作队来的第一天就召开村民大会，选举村主任。参选村主任的条件很简单，只要有点植树造林的基础知识，愿意带领大家为集体多做事就行。这个条件数护林员牛板筋最合适。正当工作队为村主任人选发愁时，牛板筋进门了，自告奋勇地向工作队队长老王毛遂自荐："如果您信得过我，我愿意带领村民植树造林，为大伙儿做事。"人选就这样定了。村民大会上，大伙儿是一百个赞成。

牛板筋刚当上村主任，就思虑如何烧好三把火，如何用最短时间把光秃秃的荒山早点绿化起来。这当然也是工作队队长老王的心事。牛板筋跑来问老王："王队长，咱这山上过去主要长的都是油松，我看还是种油松吧。"牛板筋和老王协商好种油松，汇报上去。县农林委却不同意这个意见，推荐了根系发达、固土能力强、分蘖能力强、耐旱耐瘠薄的刺槐。

于是，某一日，两匹肥壮的骡子驮了八百斤种子回来了。播下种子，老天就下了一场春雨，种下的刺槐种子很快生根发芽，长出了嫩绿的小苗儿。那年的三伏天，又下了几场及时雨，下得很温柔，点播的刺槐苗当年就扎住了根，那场轰轰烈烈的荒山造林运动获得了成功。

几年后，石嘴岩、前岭、后坡、西沟，七沟八梁都成林了，绿起来了。到了春天，满坡都是如白雪一样的槐花。

牛光明是牛板筋的儿子，本来在外地工作。在回乡扶贫工作动员会上，他异常兴奋，举手表示要回家乡扶贫。他盘算着利用他爸牛板筋带领乡亲种下的槐树林，让乡亲们的生活如槐花蜜一样甜！

三年过去了，如今槐花蜂蜜系列食品加工厂生产的"槐花"牌蜂蜜产品远销至东南亚等地。县脱贫攻坚领导小组正式宣布，小山村脱贫了。宣布的那天，村民们高兴地把牛光明抬起来，抛向空中，牛光明高兴地嘴角扬着槐花一般甜甜的笑！

槐林荫及子孙，槐花福润生活，那些槐树，永远扎根在我的心里。那些人和事，也时不时地和槐花一起被我写进心里。

恩师李书成

一

一个人如果不知感恩，就会被世人鄙弃；一条河找不到源头，就会被风吹得干涸。所以我永存感恩之心，永远记着教我这些道理的人。

李老师是我的启蒙老师，不仅教我知识，还教我做人，如同我的父母。李老师的老家在东北，大学刚毕业因说错一句话被打成右派，下放到我们队上劳动改造。最先被安排在生产队养猪，时间长了，队上的人都认为李书成为人正直、性格开朗、老实本分，又有一肚子学问，就推荐他到我们大队小学当民办教师。

李老师是个大男人，但对待学生细致耐心，经常家访，主张因材施教，用非常合适的方法激励我们、启发我们。我的良好的学习习惯，就是那时养成的。他很勤奋，不辞辛苦，每天早自习，雷打不动地来班上巡视。

那时我的个子矮，坐在前排，李老师上课总是喜欢先从我开始提问，手把手地教我写字，一笔一画地教我基本功。李老师性情温和，有慈母般的爱心，但对犯错的学生又会如父亲一样严厉批评。有一次，李老师上语文课，我把前排女生的长发缠在了桌腿上，随着李老师的一声"下课"，女生猛地往起一站，只听"哎呦"一声，疼得哭了起来。李老师看出是我搞的恶作剧，高声喊我站起来。李老师从未发出如此严厉的喊声，我顿时吓得两腿发抖。李老师接着让我把手伸出来，拿着戒尺在我的手心打了几下，同学们吓得不敢吭声。李老师厉声说："以后谁再捣蛋，就戒尺伺候！"

那天放学我不敢回家，想着挨打的事，不禁心里生起一股对老师的怨恨。李老师来到我跟前，和蔼地说："走吧，我送你回去。"说着用他那只温暖的大手牵起我的小手，一股暖流顿时涌上我的心头，对老师的怨恨也烟消云散了。

回到家里，李老师把打我的事一五一十地给父亲说了一遍，并叮咛此事到此为止，不要打孩子，以后改了就是。李老师走后，父亲又少不了数落我，倒是李老师留下的话，让我免除了一顿暴打。那次受罚之后，我长了记性，之后的人生中，未欺负过任何人。

二

　　李老师对教育事业的敬爱，是深深刻在了骨子里的。

　　我上五年级那年，李老师带我们出去搞课外实践活动。回来的路上，突然有辆自行车车闸失灵，箭一般地向我们冲来。李老师赶忙像母鸡护小鸡一样，用两只大手把我和另外两个同学猛地推倒在路边。我们躲过了危险，李老师却扭伤了脚。李老师的脚踝处迅速地肿了起来，他咬紧牙关，忍着疼痛，在我们的搀扶下一跛一跛地走回了家。李老师为保护我受了伤，一路上，我内心始终怀着深深的感激。这份如父爱般的情感，让我感动终生。

　　当天晚上，乡亲们纷纷来看望李老师。我也跟在父亲后面来到老师家。李老师把我叫到跟前，说："看样子这十天半月我是去不成学校了，你每天下午把同学们的作业送来，我在家批改。"刚过了一个星期，李老师又让师娘叫来我们，大家一起用架子车把李老师拉到了学校。他一只脚跛着到教室，连续不停地集中授课，把我们落下的功课都补上了。

　　那段时间，同学们和我也关心着带伤工作的老师。星期天，我约了几个同学一块儿去山上给老师采中草药，看到那盛开着的粉黄色的金银花、紫色的桔梗花，还有格桑花，就采下来做了个大大的花篮送去给李老师。李老师的脸上绽开了微笑，连连夸赞："挺好，挺好，谢谢同学们了。"说话间，师娘推门进来，惊喜地说："哟，今天正好，有花儿给你的生日助兴！"真是太巧了，我心想，这或许就是所谓的缘分！

此后的半年中，我们和李老师像朋友一样，天天在一起，白天上课，晚上补课，其乐融融。在李老师的精心教导下，全班同学都顺利地毕业，考上了初中。

三

1976年，我初中毕业，因父亲在社教中被错划为"四不清"，我未能被推荐上高中。那年我才十四岁，还不到回家劳动挣工分的年龄。1977年，国家恢复了高考制度，也延长了学制。公社同意在我们大队小学基础上办起初中班，我便顺理成章地又回到了家门口初中班补习。

那时，所谓的初中班也就是在大队小学腾出一间土教室。公社新派来一名教理化的教师，教语文、数学的任务还是落在了李老师身上。很幸运，李老师又成为我的班主任。

李老师知道恢复高考意味着什么，知道全大队几百口人都期待他能给这个常年点着煤油灯、喝着酸菜糊汤的穷山沟沟带来点希望！李老师自己吃苦熬夜不说，还想着法儿给同学们改善伙食，增加营养；免费给同学们提供煤油，保证晚自习灯明屋亮；冬天帮同学们生火取暖，像家长关爱自己的孩子一样。那时的复习资料是用铁笔、蜡纸刻好，用油墨印出来的，李老师常常到三更半夜还在刻复习资料。李老师始终保持着认真严谨的风格，我遇到疑难的问题去请教，他总是不厌其烦地讲了再讲。

功夫不负有心人。那年我们全班三十名学生参加升学考试，全部考上了高中，其中一半考上了重点高中。我和另两名同学成绩优异，考上了初中专，这件事一下成了我们小山沟的新闻。爹娘和我都明白，没有李老师，我考不出这么好的成绩；没有李老师，就没有我人生之路的大转机。如果我的人生中没有李老师的出现，今天的我可能和父辈一样，依然在土地上日出而作日落而息！

四

那年秋天，秋高气爽，金菊飘香，我去了地区农林学校读书，走上我人生新的征程。

送走了我们那届学生后，李老师也出了名，摘了头上那顶右派帽子，民办教师破格转正，迎来了他一生扬眉吐气的日子，李老师兴奋得合不拢嘴。和同学们一起的日子，有辛苦、有收获、有温暖、有酸甜苦辣，也有人间真情。尽管乡亲们打心底舍不得李老师走，但李老师还是选择了人生最不能忘怀的故土，回到了生养自己的故乡。

时光荏苒，岁月如梭。三十年后的一个风和日丽的日子，我到异地他乡圆了心中的一个梦：给李老师祝寿。

当我带着鲜花、蛋糕见到李老师时，李老师高兴异常，一口叫出了我的名字。李老师虽然满头白发，脸上是岁月刻下的深深沧桑，但依然面色红润，精神十足，身板硬朗。师娘也高兴地说："你老师也是做梦都在想着你。"

那天晚上，我和老师聊到深夜，聊过去在一起的日子，聊老师回到故乡几十年的过往。听李老师讲，他回故乡后依然从事教育工作直到退休，也一直在关注着我家乡的发展变化。李老师特意叮嘱："你现在干的工作是'功在当代，利在千秋'，一定要干好工作，清白做人，踏实做事，老师等着你的好消息。"

最后，敬爱的李老师，我以爱的名义向您敬礼，怀着感恩的心向您鞠躬。

海南之旅与我的沙子情缘

2008年除夕，几个朋友相约春节一块儿出去旅游，有的说去云南，有的说去重庆，最后还是我一锤定音，干脆去海南吧。一来那里暖和，二来那里有大海、有沙滩。我给几个朋友交代了分工，让他们做好准备，正月初一清早出发。

我们乘坐的是直接飞往海南省三亚市的海航波音767，宽敞、豪华、舒适，机舱里人满满的。飞机上很安静，有的人在打盹儿，有的人在看画报，有的人戴着耳机听音乐或看电影。空姐靓丽似风景，语气温和，服务周到，一会儿送饭，一会儿送茶。我们一行的座位紧靠一起，都没睡意。我靠窗而坐，一直注视着窗外美丽的云朵，偶尔还会看到另一架飞机在云层中穿梭。

两个小时后，顺利到达三亚国际机场。走出飞机舱门，三亚带着咸味的湿热空气迎面袭来。我们都穿着厚厚的毛衣，甚至还有个穿羽绒服的，衣着和三亚满世界的短袖、短裤形成极大的反差。来接站的是三亚当地的导游和旅游大巴，直接陪我们到达面朝大海的酒店。

在三亚的第一站是大东海。天还没亮，大家就满怀激情地爬起来，只为能目睹大海日出的壮观胜景。在这里，天明显比家乡的亮得早些。黎明时分，大东海还披着黑夜的轻纱，东边的天际线已经朦胧地泛出鱼肚白。海鸥已经早早地起来，展翅在人们的面前做低空飞行表演，渔民们也已载着丰收的期望开始了一天的征程。

忍着强劲的湿热，我们在耐心地等待。东边的天际线越来越亮，慢慢地，一个美丽的大火球冉冉升起，先是橘红色，后是橘黄色，海面上也随之泛起一道亮丽的彩霞。有小孩欢呼雀跃："太阳出来了！"

太阳揭开了大东海的面纱，一个全新的大东海破晓而出。海水辉映着朝霞，海鸥追逐着浪花，沙滩包裹着贝壳，椰树陪伴着游人……这是一幅绝美的图画。

看完日出，大家的兴趣开始不同了。我征求大家意见之后，把人分成了三组：一组带小孩子们去看海洋馆，一组随导游去潜水，剩下我和另一个朋友做后勤保障，照管行李，自由闲逛。

其实我是被眼前软绵绵的沙滩和蓝蓝的海水所吸引，不想再去别处。另外两组人走后，我和朋友索性脱掉鞋子下到水里，亲身感受海浪的冲击，感受海水的味道，聆听海涛一声声的呼喊。我俩一会儿打起水仗，一会儿堆筑沙雕，一会儿对着大海高喊，一会儿躺在沙滩上晒日光浴。如果我是一只小鸟儿，我想乘着海风，学着海鸥也在海上游戏，在空中翱翔；如果我是一条小鱼儿，说不定可以从这里下水，从海里游到江里，游到河里，再游到小溪，一路返回我的家乡。

轻轻地抓起一把沙子，放在手掌里，嗅了嗅沙子的味道，又看着沙子从指缝中慢慢地向下撒落。沙子落入海水里，我看着海水一波又一波地把沙子卷起又甩落，内心突然仿佛被什么触动了。

这些沙子会不会曾经是我家乡莽岭上那巨大的花岗岩，历经千年万载的日晒风吹而解体，又被雨水冲刷进了小溪，再到大河，跨越江湖，来到了这里？它们自故乡来，而我要回故乡去；它们的来路，正是我的归路。细细的沙子在太阳下闪闪发光，我忽然觉得这样的沙子很美很特别，觉得它有灵性，觉得它会眨眼睛，觉得它会说话。

踟蹰暂借问，或恐是同乡？我当即决定，要把这里的沙子带一些回去，带回我们共同的家乡。于是买了一瓶矿泉水，一口气把水喝干，用空瓶装满了沙子，并写了大东海的标签装在里面，拧紧盖子。沙子会一往无前奔赴大海，而这一瓶，权当它们是思念家乡大山的游子，就跟我回去吧。

多么令人流连忘返的风景，都敌不住返程日期的到来。短短的几天时间，大家玩得开心，吃得开心，看得开心。临走收拾行李的时候，我最先把装着沙子的瓶子放进行李箱中，生怕把它忘记。

回到家里，我把那瓶沙子，作为家里的"重点文物"，放在博古架上。

从此，我便和沙子结下了不解之缘。此后，凡出差到有沙子的地方去，一定把那里的沙子带一瓶回来。于是，我又先后带回了山东蓬莱仙岛的沙子、青岛的沙子，带回了北边内蒙古沙漠的沙子，带回了西部腾格里沙漠的沙子，还有月牙泉的沙子。我的博古架成了沙子博物馆。

工作之余，或者遇到烦心事的时候，我会拿起一瓶一瓶的沙子，看看标签，看看颜色。想起曾经的时光，想起曾经的风景，想起曾经的人和事，尤其是想起沙子所经历过的跨越千年万载千山万水的变迁，内心就会静下来。

半旧·阿布

初秋，斜阳晚晖，我和朋友一起来到乡下一处谧境，"半旧·阿布"。

以前听朋友讲过这里。看到这个怪怪的名字，总想一探究竟。

"半旧·阿布"是一处地道的土墙灰瓦式农村民宅，别具一格的铁门，边上有块"半旧·阿布"的门牌，现代简约，不同于乡下千篇一律的厚重建筑。屋檐下精致的花廊上爬满了盛开的凌霄花，似一排排美少女，兴高采烈，张扬大气。

我反复琢磨门牌的含义，不得其解。女主人阿布出来热情地招呼我和朋友进屋落座。于是我明白了"半旧·阿布"的后半部分，是民宅主人的名字。

我没急着进屋，想着从外及里细观研究。尽管我在农村土生土长，骨子里有着一辈子也褪不去的土气，但还是被这个坐落在农村泥土里的这个雅致院落所吸引。

正屋南侧是个凉台,是白天赏荷晚上赏月的好地方。靠坡角是个鱼池,圆圆的,池壁用鹅卵石精心砌制,很美很有情调,似蓝天的镜子,像月亮的眼睛。池中的假山、荷花,好似映在眼中美丽的风景。朋友说这里原是一处泉眼,池中的水很清很旺,是活水,颇有生机。假山上长满了青苔,有两朵莲花正灿烂地笑着。碧叶下有金鱼儿,在自由自在地摆尾。精制的花岗岩茶几旁,有两把藤椅并排静静地挨着。若是能有一个月明风清的夜晚,我定会愿意和朋友一起坐在藤椅上吹着晚风,望着星星,聊天、品茶、赏月……

挨着凉台的勤耕园,是阿布闲暇时散步或劳作的地方。正值收获时节,辣椒红得似一团火,给初秋早早地染上了颜色。西红柿好像娃娃的笑脸,洋溢着满心的喜悦。葱郁的瓜蔓下,结着许多大小形状各异的南瓜,像一群小孩子在地上嬉戏玩耍。两棵壮年的桃树,枝叶茂密,树型显然是经专业园艺师打理的,"三股六叉十二枝"。我仿佛看到,阿布和闺蜜们站在桃树下,一幅"人面桃花相映红"的美好景象。

里屋有迎客厅、中餐厅、西餐厅,厅厅雅致,别有韵味。墙上饰品、物件摆设恰到好处。客厅角上的壁暖炉古朴实用,仿佛能感受到在冬天凛冽寒风里熊熊炉火的温度。

书房洋溢着墨宝的清香,可以找到古今中外典藏。朋友说书是主人阿布的最爱,诗歌、散文是主人的特长,这里的藏书是主人博学的见证。书桌上摆着一尊塑佛,无论从哪个角度去看，都是面带微笑，似乎在说"佑你一生平安"。坐在这里，心自会慢慢静下来，归禅意，无涟漪。所有一切今生、来世、此岸、彼岸、利禄、功名都会成为过眼云烟。

阁楼的设计别具匠心，一边是聊天品茶论道休息的地方，一边是阿布的主卧。这里当然是不对外人开放的。可以想象，闲暇之时的阿布和闺蜜在这里透过屋顶的天窗和月亮星星对话，漫无边际地聊诗与远方，说不定还可以乘风与嫦娥共舞。

"半旧·阿布"，既有现代城市绚烂雍容华贵之美，又有农村古朴素雅的泥土之香。我想，"半旧"或许就是这个意思吧。

这里不只体现出主人精致的视觉审美创意，更有主人对生活诗意的追求。一个对生活失去信心、内心缺少阳光的人，绝不可能打造出这样别具匠心的雅致。

我的朋友也是生活中积极向上、自信满满、精致漂亮的大才女。在她亲手打造的馨香园里，一年四季鸟语花香。难怪朋友和主人阿布是好闺蜜。她们都有写作的爱好，生活中来往也密切，这里绝对少不了朋友为阿布的谋划。当然，或许主人厌倦了城市的灯红酒绿、红尘纷扰、浮躁喧嚣，看惯了世间的人情冷暖，才有意打造了这个能安放灵魂的世外桃源。

来到这么雅致、诗意的地方，自然少不了美酒佳肴。朋友说主人不只文章写得好，还做得一手好菜，看来果真如此。好人、好酒、好菜、好地方，大家自然开怀畅饮、尽兴阔谈。

几番互敬，少不了一番感慨，感慨岁月无情，感慨人生苦短。

  初秋的夜，微风吹来丝丝的清凉，蝉少了些许骄躁，蛐蛐多了几分哀愁。在皎洁的月光下，我和朋友对"半旧·阿布"说了再见。

采风之旅

市作协鱼在洋主席来电话，邀请我参加牛背梁金秋采风活动。说心里话，有点受宠若惊。关键是鱼主席说："你在座谈会上发个言。"文学道路上我还是个新人，只能算作幼儿园的水平，发什么言呢？鱼主席又说："说什么都行，哪怕你熟悉的环境保护。"恭敬不如从命，我还是接受了鱼主席的邀请。

金秋十月，是一个色彩斑斓的季节。活动安排在一个阳光明媚的周末，我如期应约，以文学的名义来到蓝天白云、漫山红叶、溪流潺潺的牛背梁国家森林公园。对我来说，这是一次隆重的文学盛会，能面对面地与老师们交流，聆听老师们对文学的真知灼见，我激动不已。

时值昼短夜长，加之脑细胞的兴奋，早晨醒来得格外早。起床洗漱，整装待发。心想，上牛背梁可一定要去早的，上下起码得大半天的时间。天还只是蒙蒙亮，周围寂静得能听到小河的水流声。咯吱的开门声，惊动了门前核桃树上的喜鹊，叽叽喳喳地在树枝上跳来跳去，我的心也随之跳跃。

前几年上过两次牛背梁，但都没走到顶，那是建索道之前的事。自从有了索道，据说能站在终南山长江黄河水系的分水岭，北观西安钟楼，南望秀美天竺，手托蓝天白云，脚踏高山草甸，如此意境想着都美！还没等抽出时间去呢，牛背梁国家羚牛自然保护区、牛背梁国家森林公园正式划入生态保护红线，索道之上全部封闭，禁止游人上山，实属人生一大遗憾。尽管如此，牛背梁索道之下的主景区，如羚牛谷、大瀑布、神龙溪、红叶岭等仍是值得游的地方。

伴着初升的太阳，采风团扛着"不忘初心、牢记使命，商洛文学再进军"的旗帜，向羚牛谷进发。

这次是以文学的名义，以文学的视觉重游羚牛谷，内心的感受还是不一样的。哪怕是看一块怪石，看一根在水中长满绿苔的树枝，看溪流被青石激起的浪花，看瀑布直下腾起的水雾，看老树上缠绕的枯藤，看路边灌木上如珍珠玛瑙似的红果果……都是一首歌，一首诗，一篇精美的散文，令人涌动一种写作的欲望。

正午时分，我们登上红叶岭。红叶岭的十月是它一年中最美的时节，大面积的栎树林，混杂着成片的枫树、柏树，偶尔也有白桦、白皮松。栎树叶黄褐或橙黄，黄得透亮；枫叶红得耀眼，闪闪发光；松柏郁郁葱葱，依然绿色不改。简直就是一幅色彩斑斓的天然画卷。

采风团一行无不为天然的美所折服。此时，有文友建议原地休息，拍照留念。大伙积极响应，有的拿起相机，有的掏出手机不停地拍照，都想把这么美好的瞬间定格在自己的文学图库中。我也想拍几张美照，忽然，有两只喜鹊撞入我的镜头，站在离我不远的枫树上，好像在跟我说话，又好像在相互交流。我想它俩应该是一对小夫妻，或许是想捡拾地上散落的橡籽为食。我忽然想到，或许是三十多年前那两只花喜鹊为我衔来了文学的种子。要不然为什么在今天，三十年后我生平第一次参加文学活动就又正巧遇到两只花喜鹊？

20世纪80年代初，我大学毕业的第二年，被分配在基层林场下属营林站当技术员。那是一个三五个人的单位，天天上山下岭，与山打交道，与树打交道，更多的是生活的单调与寂寞。

有一天，我到碾子沟凤凰台验收丰产林抚育间伐的成果，正当我走得人困马乏坐下歇息的时候，发现离我不远处的松树下，有两只花喜鹊在叽叽喳喳地叫着。一般来说，花喜鹊见人叫几声就飞走了，这两只花喜鹊却只叫不走。我心生好奇，就朝花喜鹊的方向走去看看。一只花喜鹊见我过来就飞到树上，另一只在原地想飞又飞不起来。我一看，原来是翅膀受了伤，急忙撕开随身的洋布手巾给花喜鹊做了包扎，又轻轻地放在原地。

就在我正要离开时，忽然发现树下有一本书，捡起来一看，是本《山西青年》杂志，不知道是谁丢下的，我就带了回去。那是我第一次接触到文学类书刊，也是在那本杂志上第一次读到短篇小说。看到《山西青年》上写作函授学习班的招生广告，我当年就报名参加了。这给我单调而寂寞的工作和生活带来了乐趣和安慰。后来，我总在想，这岂不是应了母亲常说的"喜鹊喳喳叫，喜事门前到"的俗语嘛！

由于工作、家庭等诸多原因，拿起笔没几年就又放下了，而且一放就是三十多年。我也在反思，当年为什么不坚持下来呢？现在想起来文学与我的缘，就是起始于当初看到的那本杂志，它是花喜鹊为我衔来的一粒文学的种子，那粒种子后来又被我在不经意中深深地埋进了岁月的最深处，埋得太深，久不能出土。

前年一个偶然的机会，了解到和我一块儿参加工作的两个朋友经几十年的不懈努力都成了作家、诗人。我平素总不服输，于是憋着劲又重新拾起搁置许久已然生锈的拙笔，重新开始追求我的文学梦。

去年偶然看到一个报道，讲的是东北作家姜淑梅老人六十岁还是文盲，八十多岁出了四本书，使我震撼。她的精神像阳光、像春风，使我信心倍增。我很欣赏姜淑梅老人的一句话："人不是吃饱了最有劲或年轻的时候最有劲，而是人穷的时候最有劲。"很有道理，把这句话换作另一句话就应该是："人有了梦想，有了精神，才有动力。"

我深知脚下的路才刚刚开始，深知文学这条路的门好进，真想弄出点名堂难，这注定是条艰辛之路、寂寞之路。但我想我会义无反顾地坚持走下去，无论开花结果与否，都无所谓。

按照活动安排，第二天上午在终南山寨举行采风座谈。鱼主席代表市作协致辞，对2019年度优秀作家、新锐作家进行了表彰，市委宣传部、商洛日报社等领导出席讲话。按照安排，我代表获奖作家发言，谈了自己与文学的情缘，对商洛文学的看法以及对鱼主席等老师的谢意。座谈会在热烈友好的气氛中完成各项议程，标志着本次采风活动的圆满成功。

商洛文化底蕴深厚，这里是秦楚文化交融传承的热土。商洛文坛喜事连连，继贾平凹老师之后，陈彦老师又获文学大奖。商洛文学空前繁荣，它的发展和成长好比商洛的大气环境质量一样，始终排在全省第一。

这样的环境，这样的土壤，想不搞文学都难。

相聚仙娥湖

  一夜风雨带走了山城连日阴沉沉的雾霾，湛蓝湛蓝的天空上挂着几朵白云。仙娥湖酒店前的白杨和银杏早已落叶，刺向天空的树枝苍劲有力。松柏和玉兰等常绿的树木依然葱茏，后坡上那些柿子树的叶子落了，满树的柿子像一团团熊熊燃烧的火球，格外耀眼。

  仙娥湖酒店，正在举行着我们林八一班同学毕业四十周年聚会。很难得，这是毕业四十年后的第一次聚会。

  之前先后有同学提出过聚会的事，因种种原因未能组织起来。直到今年仲秋，传来老班长孟军同学病逝的消息，于是建奇同学在群中再次发出聚会的提议："我们班五十名同学中有四个都走了。岁月无情，我提议大家搞一次同学聚会吧！"这不是提议，无疑是提醒。再不聚指不定就让哪位同学留下遗憾。毕业之后，同学们各奔东西，现在都升级当了爷爷奶奶，多数同学已经退休，有好多同学毕业后一直未曾谋面。我们有必要聚在一起，聊聊家常，回忆当年在校的青春时光。

建奇同学的提议第一个得到了我的支持，我在群中留言："建奇同学提议很好，我举双手赞成！由建奇同学牵头，玉厚、社民同学协助，在商州的同学一起成立个筹委会，即刻筹备。"我的留言得到群中大多数同学响应，之后不久，就有了我们今天的这次聚会。

上午拍照留念，午饭后乘车去张村母校旧址参观，返程时登金凤山鸟瞰山城变化，最后进行聚会联欢。这个安排，同学们十分满意，纷纷称赞。

午饭后，我们一行分乘十辆车，组成一个车队，浩浩荡荡地向母校出发。踏入校园，大家就被眼前的荒凉景象惊呆了！

操场上堆满了碎石，长满了已在秋霜中干枯的蒿草；而昔日的操场曾经人声鼎沸，清晨同学们个个精神抖擞地在这里跑步做操。

那时的大礼堂既是学校举行盛大聚会的地方，也是当时的学生食堂，而现在破烂不堪，到处散落着画展活动后没有收拾搬走的梯架。听说这里已经成为商洛学院美术分院的写生实习基地，这里的散乱似乎是在展示那些小艺术家们有意无意的不修边幅。我努力寻找着过去同学们三三两两地蹲在一起吃饭的位置，回忆起和食堂师傅斗嘴的情景。

走进我们当年的教室，黑板还在那里，上面还有几个粉笔字。大家在找自己坐过的地方，说起造林课李胜奇老师讲课的洪亮声音，还有同学模仿森保老师讲课："同学们，还是我比你们念得好，我念能增强你们的理解么！"逗得大家哄堂大笑。

教室下面是我们的宿舍。那时候每个宿舍住十二个人，相比现在的大学生宿舍，那时的拥挤可想而知。我和振锋、英文同学准备去宿舍里看看，但门口的蒿草比我们还要高得多。我突然想起那时有同学常常起夜在宿舍门口撒尿，是否现在的蒿草就是当年他们的尿滋养的？那棵高大的白杨树不见了，是死了，还是在新地方安了家？振锋同学走在前面，用手拨开一条路，进到宿舍里。屋子里空空荡荡，但是我心潮起伏，当年的景象犹在眼前：塞满了的架子床、行李架、箱子、脸盆，收假返校带来的干馍片。早上起床后洗脸刷牙的拥挤，晚上熄灯后被窝里偷着看书的宁静，以及周日下象棋、拉二胡的一幕幕，在脑海逐一交替。我有点心酸，眼窝发潮。

我是个爱怀旧、重情义的人，我不想再多看了，我怕我会流泪，被同学们笑话。低头边往出退边摘掉裤子上粘的"狗杂杂"，这是一种杂草的果实。有位同学开我玩笑说："人家老王那时候滚平了两亩麦地，也没见粘上啥。"还没等我开口，就有同学接过话："咋没粘上啥，人家老王不是粘上老何同学嘛，而且粘了一辈子。"满目的荒凉被同学们的笑声填补了。毕竟都过了知天命之年，都能看开世事。

联欢会由玉厚同学主持。大家一再推举，拗不过同学们的盛情，我为聚会致辞：

时光荏苒，光阴似箭。四十二年前，我们风华正茂，从不同的地方相聚商州张村，开始了人生中最美好的那一段时光。刻在我们骨子里的三年学生生涯，那份纯真，那份温暖，那份同学之情，终生难忘。

我记得，在那青春年少的美好岁月，我们林八一班在篮球场上生龙活虎，频频夺冠，老师、同学拍手称赞。我们班是最团结的集体，买饭、看电影，常常互相帮忙排队、占座。还记得，那时常常肚子饿，不得不用粮票换柿子、买红薯。每到星期天，同学们三三两两上州城，去丹江畔戏水游玩……

我记得，商南三角池林场的山岭留下了我们实习的足迹；洛南黑彰台留下了我们欢乐的笑声，我们在那里第一次看到了野生的娃娃鱼；全体同学去山阳鹃岭苹果园，学习果品加工，第一次尝到了苹果和梨子的滋味。

三年的时间里，同学们相互学习、相互帮助、相互包容，建立了深厚的同学情，留下了一篇篇感人的青春乐章。弹指一挥间，四十年如过眼云烟，我们已进入人生的秋天，红颜不再，白发徒添。

我们都慢慢地走向衰老，要学会看淡一切、放下一切，要明白人生最后的归处是万般皆空。

根据本次聚会的倡议，以后年年聚，逐县办。明年的聚会定在镇安，我期待着。

我的树·我的城

每个人的生命深处都有一个村庄,那个村庄里都会有一棵大树,或者一条小河,抑或一个碾盘、一口老井,这些事物都是刻在骨子里,浸入血液里的。尤其是离开家乡的人,那个村庄、那棵树、那条河就是他的根,他的魂,他永远的家。

生命至上,情重于山。

此刻,我站在窗前,望着晚霞慢慢消退,望着远处的山峦。我想望见山那边好远好远的地方,望见我的家乡。

窗外的法国桐树,已被前日那场突如其来的寒潮褪去葱茏的外衣。树下厚厚绵绵的一层落叶,安详地躺在"母亲"的怀抱,静静地等待冬日的初雪将它们与泥土融为一体。

法国梧桐,或称三球悬铃木,原产法国,据史料记载,十九世纪末引入我国上海。至于法国梧桐啥时候在这个山城扎根已无从考证,但可以肯定的是,当初能来到这里是出于山城人对梧桐树的热爱。它们在山城洁净的空气和水土的滋养下，长成了参天大树。春风吹来的时候，绿叶映衬着蓝天；炎热的夏天中，如绿伞一样的树冠为行人提供荫蔽。

山城是梧桐树的第二故乡，对我来说，也是。

四十年前，我十六岁，不到一米五的个头，背着被褥来到这个山城求学。那时的山城很小，就东关到西关一条街，房屋低矮。让人至今都能记住的是东关的东方红商店，算是当时最有名气最繁华的商场。那年，我第一次走进东方红商店，买了个竹套热水瓶，一个白边花底搪瓷脸盆和两个小饭盆，共花不到三元钱。这些便是我当时最值钱的家当，一直陪我三年，直到完成学业。那时的街道很窄，坑坑洼洼，高低不平。新规划的一条北新街只是从黄沙河到东店子，街边没有几栋房子，大多是长着玉米和小麦的农田。

三十年前，我因工作调动，第二次从远方的小山村来到这个山城，在这里安家落户，娶妻生子，上班下班，从一个乡下人变成了地地道道的城里人。窗前的那棵桐树，就是我第二次进城那年栽的。听栽树的师傅说，山城人喜欢桐树。而我，十年前读的就是林学专业，这无疑是生命中早已注定的缘分。

于是，我和桐树一样，成了这个山城的建设者和发展变化的见证者。城北麻街岭上有我栽的树，十里丹江公园有我种的草，林立的高楼有我添的砖。如今的山城成了镶嵌在秦岭南坡上的一颗耀眼的明珠，"秦岭最美是商洛"唱响在大江南北。

思念家乡的时候,我会看着窗外的桐树发呆。看着树下厚厚的落叶,我会想起日益衰老的母亲,担心她某一日会如这落叶一般离开,有时便会徒添伤感,忍不住落泪。那些落叶年年可以归根,山城也许真的成了它们的故乡;而我虽然也扎根在这里,却总是感觉自己像客居山城的旅者。

梢头那几片摇摇欲坠的残叶,怎得知我此刻的心情?

我时常在梦中回到故乡,梦里听得见父亲的锄地声,听得见同学的读书声。在梦里,能看见自己和家人一起劳动,和发小一起放牛,偶尔也会找不见那些发小,认不得跟在我屁股后面的那些孩子们。

人还不如那梧桐树,能活上几百上千年。在历史的长河中,人就如那夜空的流星,有的还带点光芒,有的则暗淡,无声无息。

或许有的人可以忘记自己的故乡,记不起故乡的山有多高,水流向何方,记不清故乡的庄稼何时青黄。但是,我做不到。

人不如树,人也不是树,树可以坦然地随遇而安,阳光、空气、土壤和水充足了,就可以快乐成长。人有血肉,有情感,人无论走多远,心中永远扎着家乡的根。

人年龄大了,喜欢怀旧,喜欢回忆小时候的事情,常常想起家乡的山、家乡的水、家乡的人。

窗外,皎洁的月光下,桐树疏影横斜,斑驳的树干上刻满了岁月的痕迹。在这个山城,除了亲人和朋友,这棵桐树也成了我的陪伴。我爱桐树,我爱山城,我更爱我的家乡。

第三辑

灯下漫笔

站在阳光下

太阳终于露脸了，阳光穿过天空，透视着世间。

今年春节，疫魔突降，给每个人的生活都添上了一抹沧桑。

过去一段时间的天气，总是不阴不晴的。人宅在家里，心情很是郁闷，盼着太阳能出来，好让心中多一些温暖与明亮。无奈天气总不遂人愿，太阳不出来，也不刮风，真希望刮一阵暴风把病毒吹走。听说病毒不耐高温，就一直盼春天快来，晚上做梦都盼。

这一天总算来了，清晨睁开眼睛，就看到东边的一缕晨曦透过窗户照射到了床上。正好上级通知开会，安排抗疫的事儿，终于能到屋外感受一下太阳的温暖了。

九点开会，我八点就到了政府大门口。看了看表，开会时间还早，便移步到政府广场西边的公园。往日公园里的人川流不息，今日却空荡荡的，只有那些高高低低的树懒洋洋地站着。一株小草，斜出墙缝，开着鲜艳的小花朵，与阳光对视，与我心相映。我竟然为之震撼，这分明是一种绝世的姿态，在疫情和寒风中不屈绽放，就像抗疫的英雄和顽强的人民，彰显出坚定的生命力量。

几棵老银杏树上有一群雀儿，我庆幸雀儿知道我是个善良的人，一点也不害怕我，叽叽喳喳，飞来飞去，像一个合唱团给刚出来的太阳唱赞歌。有一只雀儿蹲在树杈上，静静地享受着阳光，好像找到了安放灵魂的宝地。我看看它，它看看我，这对视让我的内心变得异常安宁。

在这场没有硝烟的抗疫战斗中，医护人员表现出了不怕牺牲的大无畏精神，表现出了崇高的责任担当和职业情操，不愧是造福人类、救死扶伤的白衣天使，是新时代可敬可爱的人。像钟南山和李兰娟，他们都已经是七八十岁的老人，也逆流而上，真刀真枪战斗在一线。像张继先和李文亮医生，他们火眼金睛，提前吹哨，为抗疫赢得了时间。像彭银华和夏思思，他们才二十九岁，就在风华正茂的年纪为国殉职。

千千万万奋战在一线的白衣天使，他们都是我心中的太阳！他们中有的是父子同上阵，或者夫妻同参战，相遇在医院的过道里，只能以手势相互鼓励加油。那些被防护服、口罩勒得出血、捂得变形的脸，他们就地和衣而睡的场景，无不给我带来强大的力量和震撼！我在心里默默地为他们祈祷，同时也希望自己可以化作刺破长空的利剑，把疫魔一扫而光。

太阳出来的时候，这些阴暗的影子都将散去。

有同事唤我，于是回过神来，带着一身的阳光，与他一同走进了会场。

雨欣

这个春节很冷，鞭炮来不及点燃，就被阴风刮灭。这个除夕很静，静得没有一丝人声。

无尽的恐惧笼罩着中华大地，笼罩着小小的鹤城，笼罩着鹤市的中心医院。

雨欣是鹤市中心医院的外科护士长，漂漂亮亮的，一个二十九岁的姑娘。

鹤市中心医院的操场上，全体医护人员紧急动员。北城突发新冠肺炎疫情，情况危急，各地都在组建医疗队，前往北城支援抗疫。

雨欣第一个报了名。

老王坐在客厅沙发上看报，夕阳悄悄从窗户射进来，照着墙上的时钟。突然接到女儿电话，说要回家吃饭。

老王原是鹤市大学的政治部主任，去年刚退休。他十八岁参军，在部队考上军校，从一个小战士转干，最后从团职干部转业，在鹤市大学当了多年校级领导，也算是功成名就。遗憾的是年轻时忙于工作耽误了婚事，过了而立之年才结婚，生下雨欣这个宝贝公主。

看着一桌子丰盛的饭菜，雨欣却偷偷哽咽着，难以下咽。告别父母出门之后更是泪流满面。她总算瞒过父母，拿了几件衣物奔赴战场去了。

除夕上午，鹤市医疗队乘坐直达北城的高铁顺利到站。前来接站的北城卫健委的同志，告诉雨欣他们被安排在北城中心医院。

大巴上，没有人开口说话，空气似乎凝固了。人人心里憋着一股子劲，来参加这场没有硝烟的抗疫战斗。车窗外没有过年的气氛，宽阔的街道上没有车辆，没有人流，只有街边的树木在寒风中颤抖。

医院里挤满了人，院子里、大厅里、楼道里，人人都戴着口罩，在焦虑地等着就诊。从病人无奈的眼神中，从医生们忙碌的身影中，看得出这场艰巨的战斗刚刚打响。

医疗队进行了紧急分工，雨欣和同事小米被分在重症室。

"快，有个重症呼吸困难，赶快抢救。"室主任下达了命令。

雨欣和小米紧急换上了防护服，进入抢救室。

接下来的日子，雨欣和小米每天白班至少12个小时连续工作，晚班也至少10个小时，不仅工作强度大，还时时经历生与死的考验。难得吃上热乎饭，睡上安稳觉。最难的是穿上防护服不方便上厕所，要穿上纸尿裤，克服常人难以想象的困难。

脸被口罩勒出了血印。下身24小时穿着沉甸甸的纸尿裤，为了安心应对，推迟经期的药物一吃再吃。

她和小米用目光相互安慰，彼此鼓励。

老王在家心神不定，常常站在阳台发呆，看着对面空空荡荡的街道。街边的白杨树上有几只鸟儿叽叽喳喳，似乎是女儿雨欣甜美的笑声。

老王以为女儿还在本地，几次想去医院看看女儿，可小区封锁难以出去。某日打开电视，记者正在采访一个女孩。记者让她给父母说句话，她说此时眼里全是泪花，再说眼泪湿了护目镜就无法工作了。尽管那女孩穿着防护服，老王还是听出了声音，认出了她就是自己的宝贝女儿。

老王急忙从茶几上拿起手机，想确认一下：

"电视上是你吗？"

"爸，是我……"雨欣哽咽了，长时间说不出话来，"爸，你和我妈都好吧？那天回家就是跟你和妈告别的，但又怕你们担心，原谅女儿临走前没讲实情。"

老王安慰雨欣："我和你妈刚才看了电视的报道，都知道了。宝贝好样的，我和你妈全力支持，就是你一定要做好防护！"

老王哭了，老伴也哭了。从此，老两口日夜牵挂着，担心着，关注着。

日子在煎熬中一天一天地过着。

老王早晨起床就开手机，查看昨日的疫情信息。听说那里有好多医护人员被感染了，老两口也无比担心。

天有不测风云，人有旦夕祸福。真是怕啥就有啥。雨欣连日高强度地工作，身体疲惫，免疫力下降，真的被疫魔感染了。

躺在医院的病床上，雨欣还想着她的病人，关心着他们的病情进展，给她病室的病友加油打气。

老王不断地失眠，翻来覆去睡不着，满脑子都是女儿从小一路长大的画面。

某一天，他打开手机，从新闻里看到国家对抗疫战斗中的 15 位英雄和 300 位有功人员予以表彰。老王在表彰名单中发现了三个字：王雨欣。老王孩子似的哭了。

他打开窗户，尽管宅在家里，但已感到了微微的春风，看那街边一树树盛开的梅花，好像是白衣天使们迎接胜利的喜悦的笑脸。

等那桃花也开了，春天来了，女儿雨欣也该回来了吧。

美丽邂逅

那一年的春天来得有点早,冬至过后不久,屋后阳坡上的迎春花就零星披上了金色。我又一次远赴南方海滨市参加国家环保部门举办的关于珍禽保护的专题会议,之后乘飞机返回。

在候机大厅,广播里突然传来消息:"乘客们请注意,十分抱歉地通知您,由于一群大雁将要从这里经过,我们不得不实行航班管制,请旅客们暂缓登机,具体登机时间随后通知。"

就像一锅好粥里突然扔进了一个大土疙瘩,脏了也就罢了,还四处飞溅,溅起一阵牢骚。有个年轻人甚至大声开骂:"老子还没听过,飞机要给大雁让道,大雁又不是你祖先!"之后又有几个人附和着七嘴八舌地乱叫乱嚷起来。

出于职业本能,很想站起来说几句,但我又有点儿怯懦。

第一次出差到海滨，我是怀着美好的心情来的，总渴望遇到张爱玲、张恨水、苏青那样气质如兰的人，希望接触到许多新的人和事物。后来，来的次数多了，反而感觉到这个城市于我有一种沉默的力量，陌生的力量，拒绝的力量。我觉得自己只是一个过客，言行必须谨慎小心。一个人只有在自己的城市里才是自如的、从容的，同时也才会多几分胆气。陌生本身就是一种排斥的力量，一种对抗和拒绝，一种对个人自信力量的吞噬和瓦解。

所以每次出差来这里我都带一本书。我会将文字静默地展开，与文字静默地言说，而且是用商州话言说。我把自己关进熟悉的氛围里面去，不去参与旅途中的事情。

于是，面对同行旅客对飞机为大雁让道的非议，我站起来又坐下，坐下又站起来，最终还是决定坐下来保持沉默。

而对面有个红衣女子站了起来，大声地说："请大家安静，机场不光是为了大雁，更是为了大家的安全考虑，飞机的速度很快，不要说一群大雁，就是一只小麻雀，与飞机相撞也可能出现大事故。"

这位女子的勇气让我无颜再坐着沉默，也站起来高声地喊："我可是看过飞机与鸟相撞造成恶性事故的报道，后果不堪设想，机场的决定绝对是有道理的。站在环保的角度来讲，我们也要替一群回家的大雁考虑，大雁和我们一样渴望早日回家。"我和红衣女子一唱一和，候机大厅很快恢复了安静，大家又各忙各的，耐心等候。

我坐下后，把目光投向红衣女子。她也正向我看过来，四目对望，她投给我微微的一笑，我也及时回应了微笑。

细看红衣女子，三十出头，身着橘红色风衣，系一条天蓝色真丝围巾，长发披肩，皮肤白皙，大眼睛，高鼻梁，举止优雅。瞬间，我仿佛看见了某个名著里美丽绝伦的女主人公，那嫣然一笑让人终生难忘。她身边坐着一个五六岁的小男孩儿，喊她妈妈，无疑是她的儿子了。

广播声再次响起，说大雁马上要经过机场上空，请大家再耐心地等候一会儿。小家伙兴奋地尖叫起来："妈妈，妈妈，我要看大雁，我要看大雁！"

小男孩儿这一喊，候机大厅再次喧闹起来，很多人站起来朝窗口走去。很快窗前挤满了人，有人喊："来了，来了，大雁来了！"红衣女子有行李，不便离开，男孩儿急得可着嗓子直喊。我快速把自己的行李推到红衣女子跟前，蹲下身用双手将小男孩扶上肩膀，没经她同意，就向窗前快步跑去。终于挤到窗前，只见机场上空两排大雁排列有序，像阅兵的队伍一样，一会儿"人"字形，一会儿"一"字形，伸长脖子嘎嘎地叫着，向远方飞去。渐渐地，大雁变成了一个个小黑点，直至消失在远方的天际。

我走到红衣女子跟前，她伸出双手从我肩上接下孩子，说："快下来吧，快谢谢叔叔。"小男孩儿从我的肩上溜下来，俏皮地学着电视上军人的样子给我敬了个礼，然后才说了一声谢谢。他兴奋地对红衣女子说："妈妈，我长大后也要像大雁一样在天上飞。"红衣女子回他说:"那你就快快长大吧!大雁是我们人类的好朋友,我们一定要像保护自己一样保护大雁。大雁是候鸟,每年不远万里迁徙。它们春天从南方飞到北方,冬天从北方飞到南方。我们不光自己要保护大雁,看到有人要伤害它们,也要坚决制止。"红衣女子对儿子娓娓道来,看样子是一个十足的生态保护主义者。

到了登机的时候,看到红衣女子领着小男孩儿还拉着笨重的行李箱,我主动上前帮忙。她大约觉得我不是个坏人,把行李箱交给了我。我问她几排几号,她说16排B座C座。太巧了,我16排A座。这是上帝的安排吧,偶尔的一次航行,注定了一场美丽的邂逅。

飞机开始滑行起飞,乘务员规范、专业地给大家讲着飞行安全注意事项。小男孩儿坐在我和他妈妈中间,小脑袋一会儿向左,一会儿向右,喋喋不休。红衣女子一边和孩子说着话,一边不经意地问我:"你在哪个部门工作?看你人挺好的。"

得到了她的认可,我满心欢喜,看来好人是装不出来的。我如实回答她,说自己在环保部门工作,这次来海滨市就是参加关于珍禽保护的专题会议。她先是惊讶,后是欣喜:"那我们是同行了,不过我不是环保局的。"

她接着说,她的家在内蒙古呼伦贝尔大草原,今天要乘机到西京机场,转机后再回内蒙古。她娘家在海滨,和老公是大学同学,毕业、结婚、生子,同留海滨工作。三年前,公婆年龄大了无人照顾，于是两人都回到了内蒙古。她被安置在当地的青草湖湿地公园野生珍禽救助中心工作，所以和我也算同行。她说，每年春夏，青草湖湿地就成了大雁、天鹅、白鹭等各种野生珍禽的栖息地。每年春节前，他们会带孩子回趟娘家看看父母，今年老公工作忙，走不开，她只好独自带着孩子回了一趟海滨。

听了她的陈述，我更加敬佩她，敬佩她具有保护生态环境的强烈意识，敬佩她孝敬父母、相夫教子、贤良温淑的美德，更敬佩她默默坚守在生态环保第一线的精神。生态环保是人类的重要话题，是政府部门的一项重要工作，但又有多少人知道坚守一线的生态环保人付出了多少呢？他们有的在荒漠，有的在湿地，有的在深山老林，常年进行着单调枯燥的工作。正是这些一线生态环保人的付出和奉献，才使我们的环境得到了极大改善，才让我们的天变蓝了，山变美了，水变清了，人与自然更加和谐了。

小男孩睡着了，他的妈妈也闭上了眼睛。我试图闭目强迫自己入睡，可那群大雁在脑海里扎了根，怎么也赶不走。

我在想，那群大雁今晚会歇脚在哪里，它们会不会经过我的家乡，又飞往红衣女子工作的那个青草湖湿地公园呢？

近几年，我的家乡生态环境也得到了极大改善。作为一名生态环保人，尽管爱人时常唠叨我不着家，但想想如今百分之七十的森林覆盖率，看着到处林木葱郁，花果飘香，蓝天碧水，白云悠悠，看着丹江湿地春夏栖息的大雁、白鹭、黑鹳、天鹅，我还是颇感欣慰的。

遐想中，飞机安全降落，我匆忙取下行李，向那对母子告别，并祝他们一路顺风。走出机场，突然有种莫名的失落，总觉得有什么话没有说。匆忙中电话也没留，微信也没加，连个最起码的口头邀请也没有。遗憾，真是遗憾！

怅然若失地站在机场外，看着一趟又一趟起飞的航班，像大雁一样慢慢地消失在茫茫的天际。莫名的一声叹息之后，我笑了。

时隔几年，那群大雁，那个红衣女子，那个活泼的小男孩儿，总是以一种活灵活现的样子闯入我的梦里。我知道，这一切缘于几年前那场美丽的邂逅。

玉兰花开

又一次来鹿城开会。

黎明时分,手机闹铃声准时把我从睡梦中叫醒。拉开窗帘,东边的天际已泛白,秦岭笼罩在朦胧的薄雾之中。

上次来鹿城还是漫山红叶的秋季,这次正好赶上早春。今年省上的工作安排得似乎有些早。

人忙的时候,总觉得时间过得快。天刚还是鱼肚白,眨个眼就泛红了,慢慢地越来越红,越来越亮,朝霞映红了半边天,紧接着太阳出来了。平常太忙,很少欣赏到红日冉冉升起的美景。这一刻,我陶醉在一轮旭日中,陶醉在鹿城某个宾馆某间客房的窗前。一缕晨曦落在了窗帘上,落在楼下的花园里,落在了我的心里。

目光所及处,有花红草绿,有鸟儿飞翔。

美好春光岂可负,于是我匆忙穿衣下楼。以前虽然多次到鹿城，但因公务繁忙，总是来去匆匆，无暇欣赏，负了美景。

明媚的春光里，花园里挺拔的紫玉兰叶芽儿还未绽开，树枝上早已爬满了如小孩拳头大小，像紫蝴蝶一样的玉兰花儿，那份婀娜，那份娇妍，无与伦比。

有鸟儿在不远处不断鸣叫。顺着鸟儿的叫声，走过一片紫玉兰，我看到一树洁白如玉的白玉兰在盛开着。白色的玉兰花儿开得那么大气，那么霸道，那么气势磅礴，如皑皑白雪压满枝头，如朵朵白云挂在树梢。

一阵晨风吹过，偶尔有花瓣飘落，慢悠悠地飘落在地上，飘落在水塘里，飘落在我的身旁，伤感之情油然而生，我想起了一位名叫玉兰的姑娘……

20世纪90年代初，我被组织派驻高山河乡四岔口村扶贫。那是一个穷得鸟儿不拉屎的地方，山高坡陡，羊肠小道，缺水缺电，真正的穷山恶水黑石头。

我是那年九月到村上的，玉兰姑娘比我早一年到四岔口村小学支教。九月份她支教整一年，本可以回县城的中学工作了，但接手的人有事，迟迟未来报到，玉兰姑娘主动申请留下来，等年底再走。她真放心不下那些可爱的孩子。

和玉兰姑娘认识，是在我刚到村上的第二个周末。村上开会研究如何解决王老三女儿辍学的问题，会上，玉兰姑娘介绍了王老三女儿的学习情况。要不是玉兰姑娘发言，我还以为她是谁家的孩子呢。

玉兰姑娘个子不高，穿着朴素，扎个马尾辫儿，温文尔雅，端庄大方，一双乌黑的大眼睛和两个甜甜的小酒窝，很是吸引人。如果我未婚，一定会去追她。

也许是红颜薄命吧，开完会的第二周周三的中午，玉兰姑娘正在上课，忽听教务处张老师在门外大喊："同学们快出来，山体滑坡了！"

玉兰姑娘听到喊声，立马大喊："快往操场跑！"

同学们像离弦的箭一样往外跑。慌乱中，一个叫小红的孩子跌倒在地上起不来了。在这危急时刻，玉兰姑娘上前奋力拉起小红向前推了一把。瞬间小红脱离了危险，玉兰姑娘却被泥石流推倒的房子埋压了。

美丽善良的玉兰姑娘就这么没了，我还没来得及和她说上一句话，她就从这个世界上消失了，永远地消失了。

在玉兰姑娘的追悼会上，村民们都哭了，小红的爸爸妈妈哭得死去活来。

王老三哭着说："已经说好了让女儿去上学，你怎么突然就走了呢？"

张奶奶抹着泪说："那天小孙子肚子疼，要不是玉兰姑娘及时叫救护车送到医院做手术，小孙子怕没命了……"

张嫂在哭，李叔在哭……村民们一边哭一边诉说着玉兰姑娘的好，都说玉兰姑娘若是九月份回城了，也就没这事了。

玉兰姑娘走后，为了纪念她，村民们在学校的操场边给她立了碑，碑旁种植了三棵玉兰树，代表玉兰姑娘永远守望着她的学生，学生也永远记着他们的玉兰老师。

从此我便深深地喜欢上了玉兰花。每到玉兰花开的季节，我都会在玉兰树下默默地站立良久，每一次默思中我都会看到玉兰姑娘，看到她像仙女一样从天国飘飘而来，把美丽的芳华献给人间。

早春三月，阳光明媚；早春三月，玉兰花开。

玉兰姑娘，天堂安好！

盼雪

枯草、冷风、落日、旷野……这些充满诗情画意的词语，散落于大地上。北风凛冽，寒气逼人，却独独不见期盼已久的雪。

天气预报一直在失灵，几次小雪都未应召而来。我心想，天在憋着，绝对有一场暴雪要光顾大地。

夜幕又一次降临的时候，我以为期待中的雪会再一次令我失望，于是颓丧着回到家。

开门的那一瞬，脖子后面掠过一丝冰冷。蓦然回首，街边路灯的光影里，雪花已经在轻轻飞舞。

这真是千呼万唤雪始来。我坐在客厅的沙发上，注视着窗外，看着悠悠荡荡的雪花，心中盼望着，让暴风雪来得更猛烈些吧！

几年未见大雪，似乎忘了她的美丽。雪花多种多样，有大有小，飘飘洒洒，悠闲自在地落在地上，似白面、似白糖，白得耀眼、亮得发光。不约而同，大家都拥出门外，城市的广场和街道上都挤满了人，都在欢呼雀跃，迎接这场雪的到来，迎接大自然赐予的厚厚的冬被。

　　雪越下越大，我的心盛满了欢喜。当夜，我在无尽的欢喜中沉沉睡去，梦里全是漫天飞舞的雪花。

　　清晨，窗外，白茫茫一方雪的世界降临了。积雪足有二十多厘米厚，房顶和地面，每一寸都被铺满了。路边的树枝低下了头，公园里的竹子弯下了腰。路边的电线上，时而有几只喜鹊在叽叽喳喳飞来飞去，又弹起一些雪花。马路上的车比平日少了许多，人行道上的行人都小心翼翼地走着。

　　忽然，听到"妈呀"一声，放眼看去，是一个急着走路的中年妇女摔了个仰面朝天。两个小姑娘急忙跑过去扶起，摔跤的人连连道谢。两个小姑娘，一个穿着红色小棉袄，与雪景红白相映，分外好看；一个穿着长长的白色羽绒服，和白雪融为一体，素洁无瑕。此情此景，给冰雪覆盖的街头平添了一分靓丽。

　　有了这场雪，麦苗盖上了厚厚的棉被；有了这场雪，空气中的病菌都将消失；有了这场雪，森林将会在安逸中过冬。雪，在一地纯洁里让万物沉睡。

　　盼雪，是因为喜欢雪的纯粹，纯粹得让空气都一尘不染。

三月的风

你破冰而来，一袭绿袍，一曲阳春白雪，在属于你的时令里，你款款而来。

你悄悄地来，你轻轻地吹，在三月把自己放飞。

三月的风，你的笛音轻轻地吹开了春的窗，惊醒了春的梦，迎来了春之雨。你的哨音波及山野乡村，回荡在桃园竹林，品一朵细腻的粉嫩花朵，赏一棵拔节的温润竹笋。

三月的风，你轻轻地亲吻着丹江，亲吻着秦岭，轻抚荒芜的山谷和丛林，带给万物无法想象的缠绵。

一阵阵春风，一片片桃林，一张张笑脸，暗香浮动、活力四射。窗下，梅依偎着风，风轻吻着梅，梅的脸早已羞得通红。风对梅窃窃私语，梅对风点头微笑。梅花最解春风意，一夜怒放谢春风。绿蒂托金蕊，晨露裹玉身。点点红梅笑，最知春意浓。一庄小院，两面白墙，三扇花窗，四五只蜜蜂闻香而来，还有那小鸟临风飞舞。

三月的风，轻轻地唤醒了白墙下面那畦菜园中的小草。小草在不经意间顶了顶毛茸茸的头，抖动着胖乎乎的身子从土缝里钻出来，轻轻地给风说："我要做你最好的朋友。"还有那墙外的翠竹也不甘落后，说是风送来了雨，雨洗掉了她身上的尘，把她染得格外翠绿，也要做春雨的朋友。

三月的风，轻轻地拉着风筝的小手。风看着风筝，风筝看着风，含情相望。只听见风对风筝说，"只要你愿意跟我做伴，我就不会抛弃你，我就对你不离不弃。"风筝对风说，"我就是为你而生，我愿与你天长地久，永世永生。"这一番私语被那放风筝的人看在眼里，听在心里，怎能不羡慕，怎能不嫉妒。

若问春风情为何物，或许春风笑你不解风情。

我的兰

一

雪花才走,你就来了。你生性高洁,不善交际,你是我的兰。

我的兰,年满十八岁了,看其娇艳的花朵,活脱脱一个美少女挺立在人的面前。我的兰,前年才开始开花。每年唤醒她的都是满街的鞭炮声,因为兰的开花依了春节的日子,每一个春节都以身相许,姣妍绽放。十八岁的兰恰巧开花十八朵,比去年多了四朵,比前年多了六朵。我的兰,虽然开花很晚,但我从未嫌弃。十多年来,我一直精心呵护,小心抚育,即便她一直不开花,我也毫无怨言。

我的兰,其实也经历过劫难。她五六岁时的一个夏天,我让她在阳台上吹吹风,晒晒太阳,谁知楼上的杂物掉下来,差点要了她的命。腰折了，手折了，简直疼到了我的心里，从此，我再没让她去阳台上显眼。

我的兰，十八岁了还是那件"衣裳"，不是我吝啬，是我怕她受折腾。因为，我亲眼看见和她同岁的杜鹃就是因换盆折腾，一觉不醒而静静地离去。我的兰，并未因没给她买新"衣裳"而怨，十八年来始终保持朴素的风格，茁壮成长，愈加好看。

二

又是一年兰花开，满屋清香扑鼻来。

兰十九岁那年，春天来得早，天格外地蓝，我的心情也格外地好。这一年整整开了二十二朵花，就像二十二个小喇叭簇拥在一起，拼成一个大喇叭。每天下班后第一件事，是先看看我的兰。十九岁的兰花儿，叶片更加肥绿油亮，花茎更加笔直高挺，花瓣红里透黄，花蕊丝丝相拥，雌雄相抱。艳而不骄，美而不俗。静静地看着她，像仰望一朵云的高，俯视一条河之深，宁静中升腾起袅袅禅意。

有人说，兰花儿难养，我倒是真不觉得。其实，她半月才喝一次水，半年才进一次食，而且最喜欢的是那不起眼的豆腐渣。

兰花儿的最大特点，是她的根叶相通，而且一片叶依附一条根，同生同死，生死相依。

三

室雅何须大，有兰自馨香。

我的兰正当年，瘦俏中不失丰腴，稚嫩中多了几分成熟，开朗中含有几分羞涩，更加有了美丽的韵味儿。

我的兰，也有一段曲折动人的故事。

听人说，有缘的人一生可能要见三次，缘浅可能擦肩而过。真正有缘的人，一定是有命中注定的交集。

那年春暖花开的时候，在一个阳光明媚的日子，我从花市上经过，两个小青年骚扰一位卖花的老者，我上前赶走了那两个不良小青年。发现我和老者竟然还认识，当年下乡驻队就在他们村上。这个老汉人都称他"张三怪"，人勤脑子好，农村的活儿啥都会干。张老汉也认出了我，那时在村上，我帮村里发展多种经营，培训大伙养猪、养兔、养蚕，还种药、养花。在我走后的第二年，他让儿子出去培训学习养花技术，回来办起了花卉试验田。我很欣慰自己的心血没有白费。

故人相见格外亲，张老汉硬要塞给我一盆兰花。我推辞不过，收下了那盆君子兰，也送给他一份超值的礼物留念。

我没有把这盆君子兰当作简单的一盆花，而是当成见证友谊与真情的宝贝精心呵护。之后我还多次向他们父子请教养花的经验。

我的兰，有灵性，知恩图报。

人常说养花能陶冶情操，养花时间长了，人对花有了感情，花也有了灵性。我的兰回来时已五六岁了，若是一个孩子五六岁要送人，那她的父母定是心疼，当然张老汉送我是真心的。兰花儿到我家也近二十年了，已然成为我的最爱，在我心情郁闷的时候，我们彼此对视，用目光互相慰藉。

一瓣兰落入我的手中，柔柔的，有点凉，我轻轻地托起，再轻轻地放下。

观 雨

刚进七月，太阳就给人示威，毒辣辣的。没有人轻易走出门，没有人不流着汗喘着气。闷热充斥着小城，人们感觉不到半点惬意。

老天，求求你，来一场雨吧！

在所有人的祈求与念叨中，雨就来了。这是意料之中的一场雨，只是老天拉长了序幕。

刚走出机关大门，雨点就落在脸上。猛抬头，看见头顶正上空被乌云笼罩着，但天边和山连接的地方依然是蓝天。雨点打在我脸上，和地上的雨点一样密集。这是人常说的"天上过云"，也就是"太阳雨"，下雨也就是一阵子，不会下太大的，云走了雨也就走了。

既然估计下不久，也就没太在意，我继续着前行的脚步。刚走了十几米，一道闪电伴着炸雷突然出现，暴雨随之而来。

雨的节奏热烈而急促，像是要跟上雷的威力。与雨相遇，消弭了焦躁，没有了闷热，然而我也无法继续前行，索性站在路边的屋檐下观雨。

风雨见真情，爱人适时地打来电话，一贯地啰啰嗦嗦，问我在哪里，是不是淋了雨，要不要把伞送来。虽然腻烦，虽然习惯了，但我也常常被感动。除了母亲，她也许是这世上唯一在乎我淋雨的人，唯一肯冒雨为我送伞的人。我是她一生的惦记，并时时被温暖着。

电闪雷鸣没有停息，雨也越来越大。暴风是从东边刮过来的，路边的树冠几乎要被掀翻，树枝更招架不住，树叶飘落一地，对面的广告牌已躺在地上。估计是太平洋的台风跑来这里发威。暴风中的雨像盆泼一样，在风中斜成一股一股，从天而降。雨中夹杂着冰雹，大的有鸡蛋大小，小的如黄豆，落在地上跳着滚着，砰砰地响。刹那间，地上成了一片汪洋，雨滴打在地上，溅起水花，泛着水泡。雨滴打在门厅的玻璃上，咚咚直响，玻璃檐上的水柱直往下泄，流成河，冲向街道的"汪洋"。街道上的车倒是没受暴风雨的影响，只是雨刮器不停地摇摆，疾驰过后的水花水雾像一条白龙在空中瞬间消失。

十多分钟后，雨慢慢地变小。可能风和雨在故意缠斗，看雨小了便又刮起一阵大风，风来了，雨又大了，又大得如盆泼一样。这时，天上的乌云已把天铺平，黑得像锅底，看得出黑云后还有如注的骤雨。

过了一会儿，风停了，雨还没停下来，但小了许多，暴雨转成了中雨到小雨，雨如线，雨如丝。我想，东海龙王是怎么把那么多雨藏在云里的？

有人向我这边跑来，递给我一把伞，伞上的雨水流在我的脸颊上。她拽着我的胳膊，我想给她一个拥抱。但我太传统，众目睽睽之下，我不敢，只能让泪和着雨往下流。

我一手举伞，一手拥着妻子，在风雨中前行。我感谢这狂风和暴雨的馈赠，它们让年过半百的我们，又演绎了一场经典的爱情故事。

七夕

　　他又说起了七夕那些事。

　　老家门前有棵老榆树，榆树旁有个石碾子，它们就像一对老夫妻,看着村里一代代的娃儿长大。老榆树的皮已经龟裂，又粗又黑的，好似饱经风霜的老人脸上布满的皱纹。老榆树老了，长得还算茂盛，树冠很大，浓密的枝叶在夏季好像一把大绿伞撑在那里让人们乘凉。

　　不知从啥时候开始，有人在枝头挂了许多红布条，从此老榆树便成了神仙，保佑着村里的人。每逢初一十五，总有人来许愿，从此也不再有人在树上乱刻乱画了。

　　石碾子更像是一个大炕。夏天的晚上，大人们常坐在碾盘子上面，吹着晚风，谝着闲传。小孩子们围着碾盘子捉迷藏，打闹着，打闹够了就缠着大人讲故事。有天晚上，村头王奶奶来叫孙子回家睡觉,顺便给孩子们讲了牛郎和织女的故事。

他第一次知道了七夕，知道了牛郎和织女。那时只是觉得很好奇，也不懂故事的意思，便学着大孩子仰着脖子在天上找牛郎星、织女星，但脖子都酸了也没找着。

他慢慢长大了。上初中那年，还是在老榆树下，听大人再次讲牛郎织女的故事，才明白了故事的原委。牛郎从小生活很艰辛，靠一头老牛自耕自食。有一天，仙女们下凡到河里洗澡，老牛劝牛郎去相见，并告诉牛郎，如果天亮之前仙女们回不去就只能留在凡间了。于是，牛郎待在河边看七个仙女，对小仙女心生爱意，便悄悄拿走了其中一个小仙女的衣服。小仙女洗完澡发现衣服不见了，只能留下来。这个小仙女叫织女，看牛郎为人厚道善良，便做了牛郎的妻子。他们男耕女织，生了一双儿女，生活美满幸福。

可惜天帝知道后大怒，命令王母娘娘押解织女回天庭受审。老牛便撞断头上的角，变成一只小船，让牛郎挑着儿女乘船追赶。王母娘娘忽然拔下头上的金钗，在天空划出了一条波涛滚滚的银河。牛郎无奈，只能在河边与织女遥望对泣。牛郎织女的爱情感动了喜鹊，无数喜鹊飞来用身体搭成一道跨越天河的鹊桥，让牛郎织女在天河上相会。此举感动了天帝，允许牛郎织女每年七月七日在鹊桥上会面。

这次总算完全听明白了，他才真正知道，这便是每年七夕的鹊桥相会了。

他大学毕业，到了谈婚论嫁的年龄，心中盼着能遇上一个像七仙女一样的女子，也盼着能在每年的七夕那天看到牛郎织女会面，可惜天河太远，最终也没看见。听大人说，只有在葡萄架下才能听到牛郎织女说的悄悄话。于是，他也试着在院子的花圃里种了葡萄树。

有一年的七月初七，赶上一个天气舒爽的夜晚。他正好在外地出差，一个人坐在高高的台阶上，望着星空，想着家乡的老榆树，想着石碾盘上一定也坐满了孩子，在听大人讲牛郎织女的故事。

黑夜中吹来了凉爽的风，他越发感到有些孤单。天空寂静，只能听到自己的呼吸声，而星星们仿佛眨着眼睛，相互打着招呼。

他找到了牛郎星和织女星，的确离得很远很远，只能隔河相望。牛郎星旁边有两颗小星星，应该是牛郎织女生的一对儿女。他望着星空，脖子早已酸困，还是坚持着、等待着，像小时候一样猜测着牛郎织女在天亮前能否走到一起。天上慢慢地有了云，薄薄的，像挂了一层纱，遮不住星星的脸，星星在云中笑着。云在走，星星也在走，好似王母娘娘发了慈悲，派来天兵在给牛郎织女搭桥。天上的云慢慢地越来越厚，天空越来越黑，黑得什么都看不见。他感觉被一个大黑锅扣在里面，不能动，就那样慢慢睡着了。

就在那一年，他遇到了她，结了婚。她尽管不是他想象中的七仙女，但也美丽大方、心地善良、温柔贤惠。她相夫教子，把家里收拾得干净舒适，给了他一个温馨的港湾。后来有了孩子，孩子也聪颖乖巧，一家子幸福美满，其乐融融。

她的生日正逢七夕那天。有年七夕的晚上，他对她说："今天是七夕，陪你一块儿去看星星，听听牛郎织女的悄悄话，也算是给你过一个特殊的生日，过一个浪漫的情人节。"她说他就像个孩子，那都是专门哄娃的故事。在他的坚持下，她还是同意了。她又问没有葡萄架去哪儿听啊，他说村东头老王家院子里有那么大的葡萄架，去那吧！

　　外面的夜漆黑一片，尽管天上有星星，村边的路还是黑乎乎的。到了老王家的院子，黑灯瞎火的。她告诉他，老王家的儿子在县城上班，老两口都去城里帮儿子带孩子去了。他说那好啊，这里就是咱俩的天下了。他和她坐在葡萄架下，静静地望着天空，寻找那两颗明亮的牛郎星和织女星，期待天上能传来情话。

　　忽然，有一只螳螂从葡萄架上掉下来，她吓得紧紧地抱住他，依偎在他的怀里。她在他的怀里慢慢地睡着了，发出了细细的鼾声，好像恋爱时给他唱过的歌，很好听。他想她在家操持家务、管教孩子，一定很累，就让她多歇会儿吧。他静静地听着她的鼾声，天上的星星还是那么亮，牛郎和织女依然离得那么远。也不知道喜鹊都去了哪里，是不是忘记了今晚还有搭桥的任务。

　　墙根的花圃中有蛐蛐的叫声，一个起了头，其他都跟着叫起来，引得田里的青蛙也叫起来，叫声一片，悠长而惆怅。萤火虫来到葡萄架下，一个跟着一个，越来越多，多得就像天上的繁星。他和她顿时被星星包围，好像坠落在银河里。

时间过得真快，不觉几十年过去了。他还是没听到牛郎织女的情话，尽管心中有种失落和遗憾，但还是悟出了不少人生的道理。他现在越来越相信缘分，相信人生的许多事都是宿命，也一定是上苍的眷顾，让他遇见了她。

一堆垃圾

张镇长昨天刚到任,今天清晨就沿着镇街暗访卫生状况。对张镇长来说,码头镇今年的"创卫"验收没有退路,这是他给县上立了军令状的。

文书老王心想,张镇长来了,一定要烧"三把火"的。何况张镇长性子急,直爽泼辣,工作起来是拼命三郎。据说,这次张镇长到码头镇,就是因为前任工作不力而做的调整。所以他早早起床,去看镇长有什么吩咐。老王走到镇长宿舍兼办公室门口,咚咚、咚咚,敲了两下门,没有动静。刚转过身准备下楼,与从外面暗访回来的镇长撞了个满怀。老王没想到镇长竟然比自己还起得早。

"老王,你找我有事?"镇长先开口。

老王忙回答:"没事,我来看领导有啥吩咐。"

镇长说:"那正好,有事给你交代一下。今天把我的办公室从二楼搬下来,在一楼办公,方便群众办事。再就是我上午去县上参加春季群众生活安排会,下午回来开镇委会传达落实。黄副镇长休假已满,今天上班,让他组织镇机关干部把门前那堆垃圾清理了。"镇长给老王安排后,连早餐也没顾上吃,就火急火燎地去县上开会了。

九点多,黄副镇长骑着自行车慢悠悠地进了镇机关大院。老王忙上前汇报镇长走时安排的工作。黄副镇长右脚着地,左脚踏在脚踏板上,屁股一直没离开自行车座子,似乎在用一只耳朵听着老王说话。

"看把你急的,我以为是啥大不了的事,不就是堆垃圾么。我这副镇长在这都十来年了,也没见把我熏死。"黄副镇长一边说着,一边用不屑一顾的眼神看了老王一眼,继续说道:"老王,是这,通知镇环卫站长,社区包村干部十点来开会,我好好安排一下。"

黄副镇长主持召开了镇政府机关门前垃圾清理专题会议。他坐在前任镇长的位置上,先清了清嗓子:"同志们,这个……这个,我们今天开的这个清理垃圾的会议十分重要,这个……这个,大家一定要从思想上和行动上高度重视。"黄副镇长讲话老是离不开"这个"两个字,已成为口头禅。"这个……这个,同志们,我今天要讲三条意见,一要明白清理这堆垃圾的必要性、紧迫性及垃圾长期存在的危害性;二是突出重点,落实措施,要制定好清理工作方案,并要请专家进行评审,落实好工作责任;这个……这个,三是要切实加强清理垃圾工作的领导，这个事我来牵头，环卫站具体负责。"黄副镇长漫无边际地足足讲了一个钟头。讲完话，问大家还有什么意见，说如没意见，散会后大家一定抓好落实。

环卫站长看没人回答，便说："黄副镇长刚才的讲话高屋建瓴，切中要害，给我们指明了清理垃圾工作的方向。"

黄副镇长走后，环卫站长没离开会议室，把环卫站的技术员小王、小赵叫来继续开会。安排小王做垃圾清理方案，安排小赵做垃圾清理运输方案。站长安排后问小王和小赵："这个工作任务很紧，能否一周完成方案，下周组织专家对方案进行评审？"

小王心直口快，没等站长的话落地就说："这个工作很要紧，关键是有几个事要定下来，不然方案没法做。"小王知道每次安排工作就是这个套路，显然有些激动，话声有些高，像打机关枪一样先吐为快。"比如说，这堆垃圾要倒在什么地方？埋不埋？覆盖多厚的土层？用什么车拉？装车的人能否聘用女的？工资的高低？是请社区的群众拉还是请专业清洁队拉？如果村委会主任硬要拉，是不是要提高工资标准？"站长听后对小王和小赵说："你俩再开个小会商量商量，可以先拿出两套方案来，请黄副镇长再召开专题会研究。"

日头偏西的时候，张镇长从县上开会回来了。走到机关大门口，看见那堆垃圾依旧躺在那儿，皱了一下眉，大声喊老王："老王，老王，出来一下！"

老王急忙出来，对张镇长说给自己交办的事给黄副镇长汇报了。黄副镇长出来，对张镇长说："我已安排好了。"

环卫站长出来，对张镇长说："我已安排人做清理方案。"

张镇长听后，突然歇斯底里地吼道："不就一堆垃圾，又不是造火箭，还做什么方案！"

老王心想，张镇长这第一把火烧起来了。看张镇长正在火气头上，没敢吭声。

张镇长继续吼着："大家都听着，从今天开始凡安排的工作，事不过夜，件件要着落，事事要完成。老王，取几把铁锹，大家一块儿跟我来。"

老王赶紧拿来几把铁锹，张镇长拿起一把铁锹大步流星地走向那一堆垃圾……

局长老牛的一天

老牛很牛，年纪轻轻就当上了局长；老牛很忙，每天的生活就像牛一样辛苦。

当夜幕把西边的山头笼罩起来时，城里已是万家灯火。老牛正在赶路，晚上要参加省上的一个紧急会议。

老牛上任局长半年来，第一次参加省上的紧急会议。会议没有文件通知，是省厅下午快下班时电话通知的，也没说内容，只说是紧急会议，要求各市的局长按时参加，不能请假。

办公室接到省上通知立马电话告知老牛。接电话时老牛还在现场处理一起群众投诉，晚饭时间已过，还没顾上吃饭。正在开协调会的老牛看了看腕上的手表，心想还来得及，接着把会开完，问了投诉的群众是否满意，并叮嘱："若不满意，可以随时打我的电话。"

老牛回到办公室，饿着肚子赶紧坐下来埋头处理当天的文件，因为有些急事是不能过夜的。老牛是在市上提倡"讲政治、敢担当、改作风"的新形势下上任局长的，上级领导和同事们对他寄予了厚望，他自己也要努力干出点样子来。老牛十分清楚，这个活儿难干，任务繁重，责任重大，越是在这种情况下，越要努力，丝毫不能懈怠。

车上的老牛显得有些疲惫，紧闭双眼想睡一会儿，但怎么也睡不着。司机小马说："牛局长，您累了一天了，不要着急。咱今晚走的是另外一条近路，时间来得及，您睡一觉咱就到了。"老牛说："倒是想睡，可就是睡不着，唉，咱就这操心的命，你没看沿路这环境成啥了？"

老牛皱着眉头，看着沿路灯火通明的建筑工地和月光下鳞次栉比的高楼，心事沉重。有好多年没走这条路了，以前路边没这么多楼房，全是一眼望不到边的田野。拐弯时，车灯照到了河里，老牛看到了河里的垃圾堆，不由自主地骂起了人。老牛记得，这里的河曾经清澈见底，河草青青，鱼虾成群，现在全没有了。

月亮挂上树梢，星星也有些困了。老牛下车，快步走进会场。会场早已经坐满了人，省上各部门、各市的负责人都到了。老牛急忙找到自己的位置坐下，环顾会场，座无虚席。大家神情严肃，主席台上的桌签摆放整齐有序，都是省上的重量级人物。领导们坐上了主席台。会议议题是关于生态环保的重要工作部署。

当老牛走出会议室时，已是夜里十二点了。

第二天天还没亮，老牛就急忙起床，叫醒司机："小马，快起快起，赶紧回。"老牛是个急性子，想将会议精神尽快落实下去，他一晚上也没睡踏实。

老牛坐上车，想着省上会议的主要精神，想着昨天群众投诉的事，想着昨晚沿路看到的景象，想着想着便打起盹儿了。小马说："局长，您昨晚一定又没睡好，快系好安全带，好好睡一觉吧！"

车虽颠簸着，但老牛实在太累了，还真的睡着了，打起了呼噜。老牛在睡梦中叫着司机小马的名字："马路，你看，看那大片耕地中的一座座高楼上长出了枝蔓，枝蔓上长出了绿叶，开出了粉红色的鲜花，结满了又大又红的果子；马路，快看，看那一条条小河哗啦啦流着清澈的河水，青青的苇草在微风中摇曳，鱼儿笑着在水里游，小孩子笑着在水中游戏；马路，快看，那是我父亲正在麦地里弯着腰割麦呢。"

小马知道老牛在说梦话，知道他为工作实在是太操心了，不忍心叫醒他，只顾小心地开车。

老牛突然"哎哟"一声，睁大眼睛向车外望去，发现天已经亮了。老牛看了看腕上的手表，对小马说："我刚才好像做了梦，跟在父亲身后，在麦田里拿着镰刀割麦，突然不小心镰刀割在了腿上，把我疼醒了。"小马说："局长，您刚才做了一路的梦呢。"

"哈哈，我没说错啥话吧？走，饿死人了，咱们一块儿吃早餐去，一会儿还要下乡哩！"司机小马和局长老牛一起向

211

单位对面的早餐馆走去。

老牛就这样日复一日，年复一年，兢兢业业地在他的岗位上，如一头耕作的老黄牛一样干到退休。

老李的烦恼

老李刚退休，老伴就给他找了个带孩子的活儿。准确地说，是老伴和儿媳妇一块儿决定的。

老李是偏远山区的一名小学教师，人实在，一辈子视学校为家，兢兢业业，教书育人，干不了拐弯抹角偷奸耍滑的事。教了一辈子书，桃李满天下。心想这下退休了，可以陪陪老伴，陪陪孙子，享受天伦之乐了。

老李有个儿子，大学毕业后在县城工作，娶妻生子，在县城安了家。这是老李一生最值得骄傲的事，也是整个村子的荣光。几十年来，我们小山村只走出来这么一个大学生。

老李的儿子也孝顺，心想母亲在农村受苦受累一辈子，父亲在基层工作了一辈子，老了也该接到城里享享福。于是就和媳妇商量了一下，在城里一处小区买了套价格合适的二手房。房子解决了，但如何说服二老离开故土，进城居住呢？

还是老李的儿媳妇办法多，星期天，她带上孩子回家，先和婆婆商量："妈，我爸现在退休了，你们二老还是到城里住吧。你看宝宝都上一年级了，我俩上班忙，孩子没人接送呀。我今天是专门回来和二老商量的，偏偏我爸又不在家。"老李的老伴看到孙子回来了，高兴地把孙子搂在怀里，满口答应："成，成，只要我娃需要，你爸回来我给他说，保准没问题。"老李的儿媳妇完成了任务，带着孩子兴冲冲地返城了。

老李和老伴在乡下待了一辈子，过惯了乡下粗茶淡饭的简单日子，要到城里去生活，心里还真有些忐忑不安。可已经答应了儿媳妇，何况又是去照看孙子，老李别无选择。

老李几年没进城了，觉得城里的变化真快，和前几年到城里办事时的模样大不同了。楼房如雨后春笋般林立，马路宽敞，到处是花园、草坪和绿树。超市里商品琳琅满目，夜晚的山城灯火通明，那各种招牌的饭店比比皆是，客人出出进进川流不息。老伴一辈子没出过山，看惯了家乡弯弯曲曲的小河，还有天天围在身边的鸡呀、猫呀、狗呀的。老李发现老伴觉得什么都新鲜，就带上老伴，领上小孙子在城里到处逛。反正小孙子放假，他们爷孙三人高高兴兴地把城里的好吃的吃了个遍，让小孙子把公园、游乐场等能玩的玩了个遍。

眨眼间，大半年过去了。太阳天天打东边出来，又从西边下去，绕着山城的河水哗啦啦日夜不停地流，山城的夜晚依然充满着繁忙和喧嚣。

老李每天早晨七点半准时送小孙子上学,下午五点半接小孙子放学回家;上午去公园里锻炼,午饭后休息,晚饭后散步,生活悠闲,自在逍遥,在一般人看来,这是再好不过的日子了。可老李心情越来越糟糕,怎么也高兴不起来,为了照看孙子,又不好给儿子说。日子长了,老李变得闷闷不乐。

一天,老伴终于忍不住问老李:"娃把你接到城里享福来了,看你整天板着脸,不知道是想啥哩,是谁把你惹了?"

"谁也没惹我,也没咋,反正我就是越来越觉得城里住不惯。"

老李的话音还没落,老伴就顶上牛了:"看你就是个胡萝卜不上席、狗肉不上台板的货。"

老伴顶了老李两句,倒把老李给顶醒了,也把老李的话匣子给打开了。"当初我就说不来不来,你看咱住在乡下,房子大大的,多敞亮。现在住到这小区,这么小的房子,把人头都能顶扁。真是放着自在不自在,买个猫娃咬布袋。"

老伴接过话:"我看还是城里好。咱乡下到了夏天,苍蝇蚊子多得把人能吃了,村上垃圾填埋场里的苍蝇还成群结队跑来凑热闹。还有咱村长,养了那么多狗又不看门,常常跑到咱院子来拉屎,好像咱家院子成了他们家的厕所似的。再说,到了旱季,咱村上的自来水就供不上了,我还得到后沟渠担水,这里水龙头一拧,自来水就哗啦啦流到锅里去了。"

"看你说得这么美,你咋没看咱刚来没几天,咱家的代步车就被人家大车擦得没鼻子没脸的,真叫人心疼。那小车就像个小蚂蚱，能占多大个地方？"

"城里看个病，排个队就得大半天。就说那天咱孙子感冒了，本来是看个小病，结果排不上队。眼看快到跟前了，前面又有人插队。更可气的是，那些有门路的人还直接到里面看病，就不排队。"

老李好像要把半年来的烦心事一下子都说完："就说上月买那个热水器，刚到商场，服务员笑得脸上挂了花，热情地又是倒水又是不厌其烦地给你介绍。热水器买回来，还没用几天就坏了。我给售后打了八百回电话了，售后推脱给商场，商场让找售后，就是解决不了。"

老伴说："那咱干脆打官司吧，或者找媒体曝光。"

"你说得轻巧。你没听说去年省城的宝马车事件，几十万买了个有问题的车，商家和售后都不管。最后虽然曝光了，但问题还是没解决。还打官司，你以为是那么好打的，你没看咱隔壁老张和建筑公司的官司打了五年都结不了案。官司没打出来个名堂，钱倒是花了不少，还气出病来了。"

"不说别的，就说咱住在这里半年了，想吃个手擀面都没条件。这么小个灶台子，连个大案板都没处支。"老李好像是找到了出气筒，越说越激动。

老伴劝老李："过段日子孙子放假了，咱把孙子带回乡下去，我好好给你擀面吃，让你吃个够。"

"走，不说了，咱一块儿跳广场舞去。"老伴说着，拉起老李的胳膊往门外走。

老李和老伴来到民乐广场，这里华灯初上，喇叭高歌。广场上早已人头攒动，有跳扇子舞的，有打太极拳的，还有学佳木斯操的。老李是个好静不好动的人，对这种场面没多大兴趣，就让老伴去跳舞，自己到江滨公园散步去了。

　　走着走着，老李来到一处荷塘边。塘中长满了水草，水有些浑浊，水上漂浮着片片垃圾。塘中间有几株荷花正艳，碧绿碧绿的荷叶衬着几朵粉里透红的花朵，对浊水上的垃圾视而不见。塘边有几棵柳树，不知是谁把较粗的一棵树皮剥了一半，但这棵柳树并没因被剥皮而停止生长，还是直挺挺地站着。

　　老李静静地看着，似乎一下子明白了半辈子都没悟出的人生道理。

闲说鱼事

没有月亮，没有星星，漆黑漆黑的夜，伸手不见五指，秋虫唧唧啾啾。此刻的我心烦意乱，满脑子还想着白天看到的散发着臭腥味的那些死鱼。

那些鱼来自城市中的一座水库，水库是这个城市的饮用水源，是这个城市几十万人口的命根子。当地政府高度重视水源地保护，这个水库自然是水质甘甜，风景秀丽，也自然有了好听的名字——碧玉湖。它就像镶嵌在大秦岭青山绿水间的一面镜子。湖水清澈碧蓝，微微的秋风摇曳着湖岸边金灿灿的山菊花。

我做梦也不会想到，这么美丽且富有诗意的碧玉湖，一夜间变成了怪石嶙峋、满目疮痍、极其丑陋的泥淖。那一湖清澈的碧水狂泄千里，可怜了在湖水中幸福生长了十多年的鱼儿。

那天中午，朋友告诉我水库坝下成了鱼市场，要我陪他一块儿去买鱼。听到这个消息我心里不由一怔，那里怎么会成为鱼市场？怀揣着好奇，我和朋友一块儿急切地赶到现场。果真如朋友所说，水库坝下一公里多沿岸全成了鱼市场，人们穿梭不息，有卖鱼的、买鱼的，有看热闹的，有背着网兜准备捞鱼的。河里的人像煮饺子，还有人不断地往河里拥，好像那齐腰深的水里有捞不完的金子。堤岸上堆放着白花花的鱼，鲤鱼、鲫鱼、花鲢、鲶鱼，大大小小，最大的有几十斤，像胖乎乎的小肥猪。看那些鱼，有的无头，有的无脸，有的奄奄一息。卖鱼的人脸上笑开了花，毕竟那些鱼是从河里白捞的，有的干脆叫来车就地收购，拉到别的市场高价去卖。

有个光着膀子的男人在高声吆喝着："快来看啊，快来买啊，鱼便宜了！"他内心的激动和兴奋通过神经从毛孔里往外溢。他一边吆喝，一边笑着和一个买鱼的人讨论脚下那条足有四五十斤的大鲤鱼。那条可怜的鲤鱼分明是在急流下泄中被撞得鼻青脸肿，嘴巴已被撕裂，它或许还能听到那个光膀子男人与买鱼的讨论它的身价。那条可怜的鱼临死前一定在想：为什么会这样，好好的水库为什么就没水了？

听说是水库闸门出了问题。闸门是那年水库除险加固时用上的，到现在也快二十年了，按说是该换新的了。

随着人流一路来到水库坝下，坝下依然挤满了捞鱼的人，堤岸上依然堆满了鱼。有一个胖男人和一个瘦男人正在吵架，互不相让，胖男人明显占上风，有大打出手之意。我问了一个看热闹的，说胖男人是这里村上的人，嫌瘦男人捞了他圈的鱼，又占了他圈的地方。我想上前相劝，但还没完全弄清情况，就没贸然前去。这时，一个衣着破烂的乞丐一样的男人，上前抱了胖男人一条鱼就跑，胖男人跟在他屁股后面追。那个抱鱼的人，没跑几步远就把鱼扔了，只听胖男人口里嘟嘟囔囔骂着粗话又把鱼抱回原地，回来也不吵了。我这才明白那个抱鱼的男人可能是怕瘦男人吃亏，才想出这样一个解围的妙计，真是机智呀。

　　沿着堤岸一直往上走，刚到坝底，碰到个朋友，以为他也是来看热闹的。还没等我开口，他就说上不去了，水利部门正请专家进行排险，他已经有好多天没合眼了。我想也是的，在这个关键时候，就是专业的人干专业的事。朋友刚去水利部门任职，就碰到这个事！我知道他是个工作狂，对待公家的事很认真，工作的点子也多，这点事难不住他。但这不是一件小事，这时候去等于给他添乱，还是不去为好，便打道回府。

　　晚上，我怎么也睡不着，想着那些鱼的悲哀，想着那个光膀子的笑脸和那个胖男人的狰狞，想着那个乞丐模样的男人的善良，想着那些辛苦忙碌的水利人的身影。

　　对于那些可怜的鱼来说，这一切不是天灾胜似天灾，我替鱼儿感到悲哀。

　　鱼儿们，安息吧！

老桂树

他这几天茶不思饭不进的，寝食难安，脑子里只想着那棵老桂树。

局长咋就偏偏看上这棵老桂树了呢？他只能心里憋气，却不能说出去。

他是单位的工程师，也算个人物，所以经常精神抖擞、意气风发的。自从那天局长叫他去了一趟后，他就整天焉不唧的，打不起精神。

那天局长对他说："尚主任看上咱院子那棵桂花树了，要求移栽到他的小院去，你尽快拿个移栽方案。"没有商量，就是命令。

他的头嗡的一下，好像听到一声闷雷。且不说合理性与合法性，只这移栽工程的可行性就不好说。这可是一棵百年老桂啊！移栽这么大的老树且保证成活，那真是天方夜谭。

他对局长实话实说，移栽这么大的树，没有把握。

"知道难度大，才叫你这个高级工程师想办法嘛，你知道尚主任那脾气。要快，下周就移过去，还要保证成活。"

周末的夜晚，月亮早已挂在树梢，星星密布，银河好像压在他的头顶，有几颗流星拖着长长的尾巴消失在深邃浩瀚的夜空。老桂树算是这个大院的镇院之宝，挺立在大院的中央，它还不知道即将发生一场劫难。

老桂树的年纪，比这个单位的历史还要长。20世纪80年代初，他大学毕业分配来这里工作时，老桂树就已立在这里。几十年来，老桂树陪伴他从一个技术员成长到高级工程师。老桂树见证了这个地方的变迁，见证了这个地方森林覆盖率的逐年提高。他记得很清楚，那年布置大规模飞播造林任务是在老桂树下开的会，那年部署营造十万亩丰产林大会战是在老桂树下做的总动员，那年的城周绿化总动员也是在老桂树下进行的……这些大事，老桂树都是见证者。前任老局长为林业事业的发展早出晚归，兢兢业业，呕心沥血，因公殉职。给老局长送别时的场景，老桂树更是记在心里的。正是因为这些点点滴滴，在他的眼里，老桂树早就和这个大院融为一体，就是这个单位勤奋敬业的一名老职工，一名好干部。

他站在老桂树前，右手提着一瓶八功德酒，左手拿着酒杯。他把酒杯斟满，并没有喝下去，而是双手举杯过眉，做了个揖拜的姿势，慢慢地围着老桂树转了一圈，把杯中酒倒在了地上，算是敬老桂树的。然后，他面向老桂树，又深深地弯腰鞠躬。他倒酒，敬酒，鞠躬，一连串的动作很认真，很虔诚。

敬过老桂树，他转身坐在楼前的石阶上，静静地看着老桂树，眼睛饱含泪水，目光轻轻地抚摸着树身，从上到下，像抚摸一个婴儿一般。

月亮已经偏西，他还想多看一会儿老桂树。他知道从明天或后天起，在这个院子就再也看不到老桂树了，只会留下关于老桂树的回忆。他知道这次移栽的成活率几乎为零，他甚至恨自己在犯罪。他知道，自己的方案就像是把一种毒液注射在老桂树的体内，病毒之后就会在体内扩散，十天半月，抑或仨月两月，多则半年一年，老桂树就会慢慢地发病，最终死去。

他在心里默默地叹息："对不起了，可怜的老桂树。"

他想到了明天要做的两件事：写辞职申请，然后带几个人去尚主任的小院尽量把坑挖大些，好让老桂树的根能舒展些，走得痛快些。

他从尚主任的小院出来，看到街道边放了好多好多的大树。这些大树"头"被砍了，"腿"被砍了，只留下一个个光秃秃的主干，他知道行道树又要换了，他仿佛听到了这些大树的哭泣。

他突然想起了贾平凹的散文《看人》中的那句话："这人是真的病了，你静静地听着，街头的人差不多都在不断地咳嗽。"

金色蝴蝶

　　四月的山城，百花争艳，姹紫嫣红，到处洋溢着花儿的清香和小草的味道。

　　多么神奇而美妙的春天啊！人们竞相走出屋子，欣赏春姑娘美艳的妆容。我也领着小孙子，融入踏春的人潮，来到山花遍野的金凤山。踏上软绵绵的草地，微风吹拂，小草纷纷摇曳着身子，睁大好奇的眼睛，目睹神奇而美妙的世界。春天的颜色是如此翠绿欲滴，山坡上随处可见一簇簇或黄、或红、或白、或紫的野花，引来了一群群蜜蜂、一群群蝴蝶在花丛间舞蹈。有一对金色的蝴蝶飞着飞着落在一朵紫色苜蓿花上，小孙子轻手轻脚地上前去捉，还没等走到跟前，它们又一起飞走了，仿佛是一对刚刚相恋的情侣，带着羞涩牵手而去。

　　小孙子问我："爷爷，那对金色蝴蝶为什么总是一块儿飞，一块儿落,形影不离?"小孙子刚上幼儿园,我只能对他说:"那对金色蝴蝶就像你们幼儿园的小朋友,一块儿你追我赶,开心地玩。"那对金色蝴蝶一雄一雌,其实,从生物学角度来讲,雄性颜色较为艳丽,通过释放信息素吸引雌性,完成交配,产卵后慢慢地老死。这当然无法给像小孙子这样的幼儿园小朋友讲明白,但我还是对他说:"那对金色蝴蝶是自然界生物链中不可缺少的昆虫,一定要保护好它们。"真希望现在的小孩子从小养成保护生态环境的好习惯!

小孙子也好像蝴蝶一样,在草丛中与蝴蝶嬉戏,唱着,跳着,追逐着。

走上山顶,是一片金灿灿的油菜花,还有一棵盛开着紫色喇叭花的泡桐树。有一对恋人坐在树下,享受着花儿的清香,沉浸在对美好未来的憧憬之中,根本没有注意到我们的到来。

金色蝴蝶飞走了,小孙子有点失落,问我蝴蝶还回来吗,我说蝴蝶的家在这里,它一定会回来的,会回来看它喜欢的小草,还有它喜欢的花儿。小孙子嘟着小嘴:"我也喜欢小草,喜欢花儿。"

"那爷爷就教你认识小草和花儿吧!"

我指着身边的小草,说:"这个黄花儿是蒲公英,结的种子像降落伞,会随着风儿在空中飘荡,把种子撒在很远很远的地方;这个紫色花是苜蓿草,结的种子像豆角,扁扁圆圆的;这个白花是星星草……"

"爷爷,快看,这么多的蚂蚁在排队。"

哇！的确是无数只蚂蚁，在地上排成黑漆漆的长龙。我对小孙子说："我们今天遇到蚂蚁搬家了。"

我和小孙子蹲下身子，看到蚂蚁大都朝着一个方向，迈着急促的脚步，谁也没有偷懒的意思。此刻，我便对蚂蚁也崇敬起来，它们的团队精神使我感动。

太阳落山了，天空慢慢地朦胧起来。我牵着小孙子的手："蝴蝶回家了，蚂蚁回家了，我们也该回家了，走喽！"

青山碧水靓山寨

天蓬山寨，听起来好像是天蓬元帅与仙子幽会的静谧之地，其实至今也无从考证天蓬山寨与天蓬元帅有什么渊源。据民间流传，明末清初，当地的山民为防匪患，在山顶修筑了石头城，后来又成为白莲教女首领王聪儿的练兵场。

山寨地处银台山、丁家山两山之间的峡谷，两侧的悬崖峭壁上，飞瀑奔腾，风景独特，当地政府便将此地打造成声名远扬的 AAAA 级旅游景区。这次"商洛记者作家再进军"采风活动首选这里，是想以文学的视角揭开天蓬山寨美丽而神秘的面纱。

立冬后的一天早晨，采风团一行二十余人乘车从风景秀丽的漫川关出发，途经薄雾缭绕的黄花岭万亩高山有机茶园，沿冷安路过月亮洞、夹石峡，上坡下岭，七转八拐，行程七十多公里，终于来到了杨地镇天蓬村天蓬山寨的北门。

北门是天蓬山寨的正门，从这里入门，一路下行，沿途赏景，穿越六公里峡谷幽径便到南门，游客走起来省力，轻松自在。看得出政府当初规划设计时就想得很周全。

进北门十来米，就是山寨的第一大景观，高约三十米的钢丝吊桥。吊桥一头扎根在北门后半山坡，一头连接在石头城的山峰上，酒盅粗的钢丝绳，再加上厚木板、高护栏，看起来结实、安全。打头阵的几位女团友兴致勃勃地上了桥，还没走几步，随着桥的左右摇摆，就吓得大声尖叫起来。

我忙上前指挥大家，两手扶住护栏，两腿撑直，眼睛向前看，掌握平衡，缓步前行。年轻时我在林场没少受到山山岭岭、沟沟岔岔的磨炼，过钢丝吊桥是小菜一碟。按我的话，大家团结互助，说说笑笑，停停走走，顺利过关，体现了困难面前团队的力量。

人的一生，总会遇到这样那样的桥，走不好难免会掉下桥来，但只要勇敢面对，踏实前行，就没有什么可怕的。

石头城建在银台山半腰处一个独立的峰顶，是天蓬山寨的核心景区。向下约百余米，两边是石头砌的半人高的石墙，墙边有古时候石房子的遗迹。现在有用茅草和轻质材料混搭的一排小房子，提供给村民销售当地的核桃、板栗、魔芋、挂面、中药材等山货特产。听说有不少人经营得好，靠此脱了贫。

站在石头城最上面的平台极目远眺，两边高耸入云的丁家山、银台山就像两尊力大无比、擎天撼地的巨人，守护着山寨，守护着这里的山民。

向下看，悬崖绝壁，万丈深渊，恐高的人一定会心跳加速，两腿发抖。向前看，满山郁郁葱葱的油松，经过风霜雨雪更加碧绿挺拔，与油松为伴的黄栌、栎树，则刚刚在寒风中卸下五彩斑斓的彩妆。深秋时节，它们已经把一年中最灿烂最美丽的漫山红叶送给游客，送给这里的山民。向后看，是一处山坳，里面散落着十来户人家，白墙灰瓦的两层小洋楼，是近几年才盖的，能看出村民们过着殷实幸福的日子。农户周边都是一层一层用石头砌起的梯田。田里的庄稼已经收获，屋檐下挂着红红的辣椒，房前挂着黄灿灿的苞谷棒子，在冬日的暖阳下闪着金光。

我问县上随团的向导："这么高的地方，村民有水吃吗？"他说："这地方山高水高，山上有泉水。这几年政府抓脱贫，村民都吃上了自来水，修通了水泥路，住上了新楼房。"他又补充："这里的男人就像大山上的松树一样，不怕环境恶劣，不怕风霜雨雪，特别能吃苦，有一种坚韧不拔的意志力。这里的女人也很可爱，打扮起来很漂亮，就像秋天的红叶一样妖娆。"

从石头城下山的路，几乎是一条直立的峭壁，用石材一阶一阶铺修的，宽不过一米，两边有护栏。真不敢想象这路是怎样修成的，需要多少水泥、沙子和石材。

近几年，国家在高铁、桥梁等重大项目建设方面走在世界前列，取得辉煌成就。我们在自豪之余，谁知其中倾注了多少人的心血和汗水？

　　看着几位老同事一步一阶地向下挪，我也体会到了人常说的"上坡气喘，下坡腿软"。尤其是这样艰难的山路，必须踏稳，一步都不能踩空，否则后果不堪设想。人生关键的路，都要踩实踏稳，谁说不是呢！

　　终于走到山底，见到水了，水是从山上人家的泉眼流下来的。水从山上流下来的力量，把山脚冲出一串串像瓮、像蒲篮、像簸箕等大小不等的水潭。我不清楚形成这些水潭需要千年还是万年，但我明白了水滴石穿的道理。水清澈见底，水中有野生的小鱼，也有人工放养的金鱼，红的、黄的、还有黑色的。我坐在潭边的一块大石头上歇脚，突然发现水中有红叶的影子，小金鱼在嬉戏红叶的倒影，还以为是它的同类，太神奇了。我侧过身，发现旁边有一棵小枫树，枝上的红叶像一团火。对小枫树来说，这里是块风水宝地，难怪山上的红叶都凋落了，它还是那样风华正茂。

　　顺流而下，不远处便是珠帘瀑布了。水是从五十多米高的一个山洞里流出来的，据说是连着地下暗河。水质清澈甘甜，有时候水中还会"流"出小鱼来。这事越传越广，人越来越多，都觉得神奇，珠帘瀑布便成了天蓬山寨的主要景观之一。

　　我们来时正值中午时分，太阳从峡谷的缝隙里照进来，顿时，瀑布氤氲的雾气折射出彩虹。大伙都高兴地喊起来，喊声、笑声、说话声荡漾在峡谷里，荡漾在团友们的心里。

　　过了珠帘瀑布，再过了一线天，便是翠碧湖了。两岸青山如黛，碧蓝的湖水就像镶嵌在峡谷之间的一块翠玉。站在湖边，看青山倒影，如诗如画，安宁静谧，令人心旷神怡。

快到南门时，遇到两个五十多岁的中年人，一男一女，分明是同甘共苦几十年的夫妻。他们是刚从南门进来游天蓬山寨的。我问那个男人："你们咋不从北门往下走呢？向上走太费劲了，尤其上寨子那段峭壁石阶。"那男人说："走平坦的路有啥意思，爬山就要迎难而上，再难走的路也在脚下，再长的路也没有脚长。"听了那个男人的话，我顿时汗颜，觉得自己好像偷懒了。这是一对令我敬佩的夫妻，我能想象到，他们会在前行的路上相互搀扶，患难与共，最终登上人生的峰顶。

"到了，到了，到南门了！"团友们的欢呼声打断了我的思绪。

我走出大门，回头看南门上"天蓬山寨"四个红红的大字，它们就像四把燃烧的火炬，点亮这里的天空。

天蓬山寨真美！不虚此行。哪天一定要带上家人走南门，重游天蓬山寨。

小蜜蜂

妻听人说土蜂蜜好，就托朋友从山里买了瓶回来，放在餐桌上。每当看到那亮晶晶略带些棕色的土蜂蜜，就会引动我的味蕾，勾起我对蜜蜂的遐想。

多年前的一个春天，绿草如茵，百花盛开。父亲带我去油菜地里锄草，正值前几天的一场春雨，油菜苗绿油油、胖乎乎的，使劲儿疯长。个头高点的，枝梢上孕育着一串串待绽放的花蕾，枝杈间已开满金灿灿的花朵，淡淡的清香引来小蜜蜂在花间舞蹈。一只小蜜蜂落到我面前的一朵油菜花上，父亲看见了，忙说："小蜜蜂尾巴上有刺，会蜇人的。不过，只要你不伤害它，它不会主动攻击你。"父亲又说，"小蜜蜂落在花上是为采蜜，蜂蜜就是小蜜蜂的劳动成果。小蜜蜂采蜜的同时也给花儿授粉，所以花儿才能结下果实。"听父亲这么一说，我对小蜜蜂有了粗浅的认识，也感到了小蜜蜂辛勤劳作的伟大之处。

对小蜜蜂真正了解还是在大学课本里。

蜜蜂是具有高度社会性的母系氏族群居性昆虫，能把采食剩余的花蜜储存并用蜡封起来，酿成蜂蜜，成为极具营养价值的保健食品。听老师讲，一只蜜蜂一生采蜜要访问大约五万朵鲜花，许多的植物是靠蜜蜂授粉。若不保护好生态环境，生物链失去了平衡，没有了这些蜜蜂，全世界将会有大面积的粮食歉收，那将是件多么可怕的事情啊！从此，我对小蜜蜂更多了几分关注和崇敬。

骄阳似火的七月，热得人喘不过气来，蝉歇斯底里地鸣叫着。山城街边的木槿花、月季、紫薇花开得正旺，上班必经的路段，到处有蜜蜂嗡嗡地叫着。

我抬起头，一只蜜蜂正在一朵红艳艳的月季花中采蜜，无论是毒辣辣的太阳的暴晒，还是我的到来，都没有让它受到干扰。它把触角伸进了花的底部，在雌蕊间吸食花蜜；蜜蜂足上沾着一层厚厚的黄色花粉，随着触动到柱头达到授粉的目的，抑或到另一朵花采蜜时为另一朵花授粉。我静静地看着它，等待它完成采蜜的流程。结束了，它是用足退着出来的，但并没有歇息，也没有瞧我一眼，径直向另一朵粉红的紫薇花飞去，依然重复着同样的工作。蜜蜂每次采蜜要访问大约一百朵花儿，同样的动作机械重复、枯燥乏味。但蜜蜂明显不是这样认为的，尽管没有监督，依然勤劳不辍地工作着。

忽然想起了我们人类，有人坐在凉爽的办公室，一手端茶，一手拿报，口中还说三道四；有的人斤斤计较，不断埋怨工作条件艰苦，偶然加个班就喊苦叫累，要待遇要报酬。这样的人，真应该体会体会小蜜蜂辛勤的劳作，感受一下小蜜蜂如此伟大的精神。

同时我又想起了家乡的父老乡亲和年迈的父母，他们一年四季，冬不畏严寒，夏不畏酷暑，把种子撒播在土地里，锄草、施肥、收获。他们也像小蜜蜂，用辛勤的双手生产着人类最平凡而珍贵的粮食。

八月的一个周末，我带上家人去山里，在青山绿水间赏美景，在天然氧吧呼吸洁净的空气，放松放松心情；也为寻找养蜂人，买几瓶土蜂蜜。夏日的山里，刚刚下过一场雨，比起城里凉爽了许多，绿树、青草拼命地疯长，格桑花使劲绽放，庄稼地里绿油油的老玉米挺着大肚子。我随着纳凉的人流，绕过一道道弯，一道道河，一排排白墙灰瓦的新民居，在离村庄不远的一棵大槐树下，遇到了带着面罩正在收蜜的养蜂人。

有一男一女带着孩子正往前走，看样子也是来山里纳凉。我刚下车，就听养蜂人说："你们不要离蜂箱太近，蜜蜂会蜇人的。"那一家人没有理会养蜂人的话，小孩快步到蜂箱跟前，蹲下身子看蜜蜂，果然被一只蜜蜂蜇了。小孩子哭起来，孩子的父亲急忙拉开孩子。他的母亲嘟囔着："一只小蜜蜂，竟敢欺负我孩子。"说着，在蜂箱上狠狠踩了两脚，蜜蜂被踩死一片。养蜂人一脸无奈，忙说："我这里有大蒜和风油精，给孩子擦擦，一会儿就好了。"我接过来，在孩子被蜇的前额上擦了风油精。孩子的前额上只有个小红点，没有肿起来。我对孩子说："你妈妈刚才给你报仇了，蜇你的蜜蜂已被踩死了。"养蜂人说："即使不踩死，它也活不了，蜇人的蜜蜂是为了群体不受侵犯不得已而为之，蜇人后肠子随刺被带出来，过不了今天就会死了。"听了养蜂人的话，我觉得又长了见识。

　　蜜蜂以默默无闻辛勤耕耘的精神，把自己短暂的生命贡献给人类。它像战斗在一线的伟大的产业工人、农民兄弟一样，值得敬重和关爱。

春天真好

小城的春天来了。

早晨醒来，听到了鸟儿的歌唱，嗅到了花儿的幽香，看到了毛茸茸的小草一夜间从地里钻了出来。啊！春天来了！红的桃花，粉的杏花，白的梨花……姹紫嫣红，分外妖娆。

春天来了，人们像鸟儿一样急着冲出笼子，享受春天的暖阳。踏春的人慢慢多起来，瓦蓝瓦蓝的天空，也多了像鸟儿一样飞翔的风筝。

我来到桃园里，蝴蝶也来了，蜜蜂也来了，在花丛中跳舞。有两只雀儿朝我飞来，叽喳了两声又飞走了，好像是来迎接我，又像是专门给我告别。其实我完全理解鸟儿的心思，有人总是破坏生态环境，残害生灵，就连小小的雀儿也不放过，难怪雀儿越来越害怕人了。蝴蝶是不怕人的，在桃园里翩翩起舞，尽情地展示它的花衣。蜜蜂们也根本无须督促，不停地抖动翅膀，变换着姿势，忙着在花蕊中采蜜。赏花的人，男男女女，越来越多了。人群中有一红衣女子——身材、长相、气质，完全配得上天生丽质、国色天香这样的词语，胜似艳丽的桃花，像刚刚下凡的仙女——正在制止一个随意折花的小孩。她不就是传说中的桃花姑娘吗？不仅漂亮，更有一颗正直善良的心！多些这样的人，该多好啊！

走出桃园，一排排垂柳穿着鹅黄的衣裳，好似全副武装的士兵，守护着一江清水，守护着这个小城。柳丝婀娜多姿，在微微的春风中摇曳；柳絮飘飘，忽高忽低，似乎在追逐天空中的那片白云。一棵柳树的梢头挂着一只风筝，周围没有人，不知是哪个俏皮的孩子让风筝留在那里，也许风筝已经觉得高高的树梢是安全温馨的家了。

忽然，天空中出现一些黑点，越来越近，越来越低，哟！原来是春天的小燕子！不过小燕子没有落地，只是在低空盘旋了几圈又飞走了，我想小燕子一定是觉得这个小城里没有落脚的地方，水泥浆砌的河里，也没有适合筑巢的新泥，它一定思恋着乡下小山村的故居。

我看到小燕子，便想起了小时候家乡的春天。

每年春节刚过，就能看到房后坡上迎春花的花蕾鼓起来，先是星星点点的黄，若遇阳光灿烂的日子，三五天的工夫，就能看到金黄金黄成片成片的迎春花了。迎春花开了，小燕子也从南方回来了。小燕子来到小山村，来到房檐下，叽叽喳喳，给主人打过招呼，便在往年的巢穴边，筑一个新巢，从农家小院，从田园里衔来柔软的小草和羽毛，打造舒适温馨的家。这时候，山顶上的冰雪也开始融化，雪水顺流而下，门前那条小溪也会慢慢地涨起来。小溪清澈见底，水质甘甜，水中的鱼儿也活泛起来。随着冰雪融化，山前的桃花也就盛开了，花瓣会落入小溪，桃花的清香便会随小溪流到山下的稻田里，这就是家乡的桃花汛了。此时的稻田就像是一面面镜子，成了小山村的景观。观光的人会拿起照相机，记录下小山村的美景。其实这时候，才算家乡的春天真的来了。

家乡的春天，最让我记忆深刻的是娘和父亲在田地里播撒种子。那时候，我也常常陪娘和父亲一块下田。父亲会用他喜欢的那把锄头平整土地，起垄，挖坑；娘会把籽粒饱满的种子播撒在希望的田野上。待到种子发芽，也到了插秧的时节，父亲会套上那头老黄牛，在稻田里耕耙，和娘一块儿把绿油油的秧苗插到大田里，大田里便会长出春天的希望。

春天真好！我喜欢春天！是春风唤醒了大地，万物复苏，生机盎然。一年之计在于春，是春天奠定了秋的丰收。春天是一个美丽神奇，充满希望的季节！

梅花开了

早晨醒来，突然嗅到了梅花的幽香。心想，一定是楼下那棵红梅花开了。

我急忙起床，来到阳台。窗外，视野很开阔，远望能看到深邃的天空，罩着薄雾的龟山；近点就是丹江，丹江两岸是葱茏的森林湿地公园；再往楼下，就是小区院子那个小花园了。小花园的中间是一棵被郁郁葱葱的枇杷围着的老梅花树，起码有小时候担水的木桶那么粗，每年早春就绽放着玫瑰红的花朵，是个好兆头。

太阳已经冉冉升起，一缕晨曦射在窗帘上，阳台也显得亮堂了许多。我拉开窗帘，推开窗扇，太阳直接照在我的脸上，暖暖的，一丝丝春风也进来了，带来了阵阵幽香。我把头伸出窗外，看楼下那棵老梅树。"哇，梅花开了，真美啊！"我不由自主地喊了起来。那是一树盛开的红梅，恰似一团火，一团熊熊燃烧的火。

往年这时候，树下一定有很多赏梅的人。有好多孩子在树下嬉戏，有年轻的恋人在树下许愿，男孩子会摘一朵花别在女朋友的耳朵上。但今年的春节，病毒肆虐，一下子打乱了人们的生活秩序。封城封村，街巷空寂。人们都在响应政府的号召，像我一样宅在家里，不知白天黑夜，就连梅花开了也不知道。或许这会儿也有人站在楼上，静静地看着那棵梅花别样的风景。

梅花开了，春天就来了。每年这时候，我都会回老家看母亲，陪母亲一块儿去看父亲。父亲生前也是喜欢梅花的，因为父亲的生日就在这个时候。父亲在老家的房前屋后就栽植了许多梅花，每当冬末早春，梅花和阳坡脸脸上的迎春花便会竞相绽放，成为小村庄的景观，引得邻家百舍的人前来观赏。我会采摘一些梅花，有时也会再采些迎春花一块儿撒在父亲的坟头，算是送给父亲的生日礼物。我会跪在父亲的坟前，给他老人家叩头，并给父亲说，春天来了，在那边所有不顺心的事就会过去，你一定会幸福快乐！母亲在一旁站着，口里不停地念叨，一定也是问候父亲在那边过得怎么样。今年出不了门，回不了老家，只能在这里为母亲祈祷，祈祷娘身体健康，祈祷远在天堂的父亲心情愉悦。

我趴在窗台上，感受到了微微的春风，心想州城路、江滨路、丹江公园的梅花也应该绽放了。那些地方的梅花都是前几年创建国家卫生城市的过程中栽植的，已成了这个城市一道靓丽的风景。丹江公园的梅花盛开时特别耀眼，有红玫瑰一样的红色、桃花一样的粉红色，还有白色、黄色，它们把这里装扮得五彩缤纷；看梅花的人也是男男女女，特别是那些打扮艳丽的小姑娘们，在梅园里穿梭着，就像是一群花蝴蝶，又像忙着采蜜的蜜蜂。可今年没有了往年那个景象，梅花也一定会感到奇怪，但它又怎么会知道是因为疫情捆住了人们的双脚呢？

去年"创国卫"验收时有个省城的专家来，夸赞这里美丽的生态环境："我走过的地方也不少，你们这里是最宜居宜游的地方。蓝天白云，山清水秀，有湿地，有候鸟，秋天有漫山遍野的红叶，是一个非常好的地方。"我对他说："我们这里的春天更美，从早春的梅花到桃花、杏花、梨花，简直就是花的海洋了。"

那个专家非常高兴："梅花可是我最喜欢的花了！"

"那明年梅花开了的时候，我邀请你来赏梅。"就这样我们便有了约定。想到此，觉得也该给专家打个电话，把梅花开了的消息告诉他。于是，我接通了专家的电话。听得出是专家熟悉的声音："谢谢你还记着那么个小事儿，不过最近到处都在全力抗疫，也出不了门。"专家告诉我，他最近在为一线运送防护物资的途中，不慎把脚扭伤了，现在还宅在家中休养。我心里在想，专家也算是为今年的抗击疫情阻击战做出了奉献，和那些不畏艰险逆流而上的人民解放军、白衣天使一样，都是新时代可敬可爱的人。

我和专家通完电话，戴上口罩，下楼到小花园里把盛开的梅花录了视频，给专家发了过去，并给他留言：梅花开了，春天来了，疫情也终将过去，让我们满怀信心，一起迎接抗击疫情阻击战的伟大胜利吧。

后记

后记

我与文学结缘还是20世纪80年代初的事。那时，我在洛南县古城林场李塬营林站工作，一个四合院，三五名职工，白天与郁郁葱葱的林木为伴，晚上仰望满天明亮的星星，听着大石河哗啦啦水流的歌唱。偶然的一天，我第一次看到一本《山西青年》，刊有以农村联产承包责任制带来变化为背景的小说，在我寂寥的心中种下了文学的种子。由于后来工作的变化，阴差阳错，荒芜了刚刚萌动的作家梦。直到几十年后，我先后遇到了周明、李星、朱文杰、孙兴盛、张立、李斌、鱼在洋、王卫民、李育善、南书堂、刘慧、孙亚玲、素心等文人挚友，他们的鼓励和支持，令我鼓足勇气在文学的海洋中重新找寻丢失的梦。在繁重的工作之余，在夜深人静的时候，我开始试着用文字打磨过往的时光。

本书选编了我近三年业余创作的五十多篇散文，有童年的山水记忆和乡愁乡韵，有新时期的城乡变化，有对生活对社会对人生的感悟与思考。其中《美丽邂逅》《酸枣》《梅花开了》《又是中秋月儿圆》《柿子红了》《恩师李书成》《我想回家看娘》等三十多篇文章先后在《陕西日报》《西安日报》《商洛日报》《作家摇篮》等报刊发表。《酸枣》荣获《作家摇篮》2019年度散文二等奖。《我想回家看娘》在《陕西日报刊》发后，被学习强国平台推送。

在本书出版过程中，朱文杰、刘慧等老师给予了我极大的支持和帮助。当代著名作家、中国报告文学事业终身贡献奖获得者周明老师题写了书名；著名作家、评论家李星老师与著名作家、商洛市作协主席鱼在洋老师于百忙中作了序；太白文艺出版社薛伟等诸位老师做了大量的文字工作。在此，一并表示最诚挚的谢意！

在文学的大河中，我还是个新人。对书中的不足之处，欢迎大家批评指正。我将继续努力，争取写出更好的文字，以飨读者。

2020年8月26日